神咒

浮火——作

目次

序章

證我神明道，盡拋無用身，
明悟現神通，與神共和生，
開你左耳聽陰府，右耳聽陽間，
開你左手提錢財，右手提殃災，
開你肉身生蓮花，白骨化舍利，
今生所欲願成者，萬眾歸心神現跡。

人們跪在高臺前方，低垂著頭，閉著眼虔誠地誦念。不大的房間內點滿了橘黃色光的燭火，搖曳的火焰照亮人們的臉龐，也點亮他們臉上專注的神情。

念誦的聲音密集而輕細，形成某種獨特的節拍與音律，讓人聽了就忍不住躁動起來，彷彿這陣密集的念誦聲諭示了某種將要發生的神蹟。

而今在此的所有人，無不是耐下心來，等待著神蹟的產生。

終於片刻過後，一個身形高瘦的男人自一旁走入火光照亮的地方，他手上拿著閃爍著亮銀色光芒的物體，被火光照耀的臉上有著深深凹陷下去的眼窩，以及消瘦的雙頰。

那瘦得變形的輪廓與少見的面孔，在昏暗的火光下顯得有些陰森。

他緩緩走到位在房間的入口處，那個放著黑色檯子的地方。

微弱的燭光令人無法看清楚檯子的上方究竟有些什麼。這些低頭誦念的人們也直到這時才隨著男人的腳步抬起頭來，將目光聚集到檯子上的物體。

他們的臉上流露出平和且感動的神情，滿懷期待地注視著男人接下來的舉動。

「我相信神絕對不會背離我們而去。」男人說。

念誦的聲音隨著他的聲音停下，取而代之的是所有人統一的回答。

「沒錯！」

「相信神會再次降臨的！」

「我們相信神！」

男人舉起雙手，示意眾人安靜。在這個狹小的房間內，男人就好像是操控了一切的神，只要是他的命令，這些匍匐在地的信眾都無一反抗，盡皆照做。

「我們要淨化穢物！迎接真神！」

群眾再度鼓譟起來，「淨化穢物！迎接真神！」

「為了迎接我們的真神，我們必須進行迎神的祭祀。」

這回，男人說完，再沒有人接話。那些虔誠下跪的信徒們下意識地吞了吞口水，將視線鎖定在男人手中那散發銀灰色光芒的物體。

漫長的靜默瀰漫在這個光線明暗不定的房間中。

頃刻，房間內所有的燭火都不知為何熄滅，只剩下眾人的呼吸聲以及人們衣物的摩擦聲。

男人的聲音再度響起。

「虔誠的希望，真神能再臨眷佑我們。」

話音落下，天邊突然閃起一道驚雷，巨大的聲響蓋過了房間所有的聲音。劇烈的亮光透過窗戶照亮這個封閉的房間，所有人都在這一霎清晰地看見了那個高臺上的物體。

鮮紅色的血跡隨著動作飛濺在所有人的身上，驚雷帶著冷藍色的光線將人們的面孔都染上一絲異樣的氛圍。

男人手裡的銀色光芒是一把尖刀，刀尖上染著鮮血，一次次地向躺在高臺的男人落下。

第一道電光暗去後，緊接著又是一道靠近的雷響，就落在那扇透明的玻璃窗外。

「迎接真神！」

人們同聲呼喊著。

刀尖刺穿肌膚與骨骼的聲音被這盛大的歡呼所覆蓋。

被剖開的肉體橫躺在高臺之上，汩汩流出的鮮血沿著他垂下的指尖滴落，將人們跪在臺前的雙腿浸溼。

沒有一個人起身，也沒有一個人逃跑。

「迎接真神！」

內臟自肉體脫離，那一連串溼重且充滿腥臊的紅色肉塊被隨意扔擲，都落在了這群跪在原處，始終不曾動彈的人們身上。

男人的動作卻還沒有停止。他用著那枯瘦的雙手向肉體的內部掏挖，像是企圖將最後一點肉屑與內臟都掏乾淨一樣。

伴隨著男人掏挖的動作結束，落雷的餘光消散殆盡。房間內又重新回歸一片黑暗。

「我們的神，已經降臨了。」

漆黑之中，只有這句低沉的話語，清晰地傳了出來。

第一章

窄小的巷弄兩旁林立著充滿年代感的磚造公寓，樓房的外牆黏著一層陳年的汙垢，瓷磚剝落，露出一片長出灰黑色青苔的水泥。

這是張俞哲回家必經的路，每次走在這條路上，他都覺得有些毛毛的。因為這一條巷弄不僅景色破舊隨時有天降瓷磚的風險，入夜時路燈還很少，那些沒有被燈光照亮的陰暗處就好像躲藏著什麼，等著伺機而動。

就在他終於走到自己承租的住處，掏出鑰匙正要打開那扇紅色的鐵門時……肩膀突然多出了一股重量，接著一道低沉的聲音響起。

「朋友，信教嗎？」

被嚇了一跳的張俞哲回頭，就看見一個男子面帶笑容地站在他身後，手裡還拿著一張傳單，抵在他面前。

「你幹麼啊？」他被嚇到後退一步撞上鐵門，反射性地說。

「朋友你不要害怕，我們是『奉神教』，你有沒有興趣加入？」

張俞哲不滿地瞪了男人一眼，才接下自己面前那張傳單，稍稍看了一眼後，他又將視線拉回男人臉上。

「你要發傳單去街上發吧，這裡又沒人經過，一副可疑人士的樣子。」

那人仍然笑著，親切地拉著他的手，「朋友，我看得出你是一個熱心的人。你要不要加入我們，教裡也有很多跟你一樣的年輕人。」

要說被傳教的經驗張俞哲也有不少，不過像這種才講兩句話就拉著你的還是第一次遇到，加上剛剛對方一聲不響的出現嚇到了他，令他本能地就對這個人沒有什麼好印象。

「不用了，我沒有宗教信仰。」

說完，他甩掉他的手，掏出鑰匙，將鐵門打開閃身進去，一氣呵成地關上門，成功阻絕了對方的糾纏。

不過他仍聽見那個傳教者在門外大喊：「朋友，如果現在沒興趣也可以先來我們教會看看，就在這附近。或者我們每星期都會來這邊塞傳單，你也可以跟他們聊聊喔。」

站在門後的張俞哲對他鍥而不捨的精神感到恐懼，冷不住打了個寒顫後才爬上了樓梯。

這棟公寓不僅看上去的外觀十分老舊，裡面也充滿了歲月的痕跡。曾經是白色的牆面如今泛起了些微黃色，油漆也因為劣化剝落，角落還長著一塊塊的壁癌。

每次走在樓梯間，張俞哲就湧起一股想要搬家的念頭。不光是因為屋齡老舊的問題，還有樓梯間總是瀰漫著一股說不上來的氣味，好像是一種陰冷中夾帶著濃厚灰塵的氣味。

他十分懷疑長久居住在這樣的環境下，自己會不會生病。不過這樣的念頭只是一閃而過，因為他是個連這種地方的租金都快要交不起，每個月底只能吃白吐司度日的窮人。

想到自己悲傷的現況，他不禁長長地嘆了口氣，腳步沉重地打開了房間的木門。

門一打開，出現在門後的是另一張熟悉的臉龐，看起來是剛好要出門撞到他了，只是從他的表情看來，他好像有些不開心。

「叫我四點過來，現在都已經五點了耶？請問你是去哪裡了？」

「對不起啦俊宏，我今天晚下班。」他說著，露出一個討好的笑容。

那人哼了一聲，對這個明顯的討好不置可否，只說：「你這個整天遲到的壞習慣該改一改了吧？之後出社會有你好受的。」

張俞哲的臉色微不可察地變了變，隨即又是一臉笑意地推著俊宏向屋內走。

「好啦，就這樣不要生氣了，我們先進去再說啦。」

兩人才關上門，忽然就聽見隔壁房間傳來一聲巨響，聲音透過輕薄的木板牆清晰地傳入了他們的耳裡。

「你有聽見嗎？」

俊宏轉頭看著張俞哲問，可緊接著又傳出了一聲更巨大，像是摔東西的聲音。

後者露出一個無奈的神情，「又開始了。」

隨即就如同張俞哲所說的那樣，隔壁開始傳來一連串凶狠的叫罵聲。

「賤女人！叫妳給錢就給，誰要妳廢話這麼多的？」

「妳也不想想要不是因為妳，我怎麼會這麼衰？逢賭必輸！都是妳害的！」

「妳這個掃把星，災星！賤貨！」

薄薄的牆板如常傳來一陣陣噪音，這已經是張俞哲習以為常的聲音了。

不管是白天還是深夜，隔壁住著的一對夫妻總是不分時段，時不時就會傳出這種激烈的爭執聲。

張俞哲將整個身體貼在了輕薄的木板牆上，仔細監聽隔壁的舉動。果不其然，那個夾雜在咒罵之中，令人在意的沉悶撞擊聲再度響起。

他隨即不安地看向另一個跟他處於同一空間的俊宏。

「欸，隔壁又開始了耶，要不要報警啊？」他說。

接收到視線的人也跟著趴到隔間上，聽了一陣後說：「當然報啊。」

張俞哲的耳朵沒有離開牆面，按照他的說法拿出手機。還沒來得及撥出電話，就聽到隔壁那沉重的打擊聲接二連三地傳來，同時還伴隨著女性的尖叫聲。

「欸，這次感覺很嚴重耶，等警察到，那女的會不會被打死啊？」張俞哲緊張地說。

同樣貼在牆上的人臉上露出不妙的神色，「等等，你不會是又想……」

來不及把話說完，就見到張俞哲手腳俐落地推門跑出了房間。他甚至都來不及攔下他，只能看著他的身影飛快消失在他眼前，同時還聽見他一面敲著隔壁的房門，一面大喊。

「俊宏，你快報警。我先擋著！」

「就叫你不要這麼衝動啊……等下又公親變事主。」被留在房間內的人只能無言地看著他消失的方向，嘴上雖然忍不住碎念，嘆了口氣後還是乖乖拿起手機，撥通了報警電話。

「喂？警察局嗎？這裡有人家暴，你們快點過來，我給你地址……」

俊宏才剛掛上電話走到門口，張俞哲已經進到了隔壁，同時那凶狠的叫囂聲在這一瞬間傳了出來。

「又是你？你到底是誰啊？憑什麼管我的家務事？」

「再不出去，就不要怪我不客氣了！」

雖然俊宏對張俞哲莽撞的舉動一向十分不贊同。畢竟隔壁那個鄰居一看就是流氓，就憑他們兩個瘦弱的年輕人，怎麼可能打得過這個身體魁梧還經歷了社會大學教育的壯漢？

但是現在好友又一次衝進去了，自己怎麼說也不能放他一個人面對。所以即使他千萬個不願意共赴這池渾水，還是咬了咬牙，向隔壁那扇開啟的房門內走去。

他還沒來得及勸架，就看見一團凌亂的屋內，張俞哲與那個施暴的中年男人已經扭打在了一起。

被打的妻子拖著殘破的身體，面朝下趴在地上，看起來完全沒有辦法幫忙。

張俞哲在纏鬥中看見他進來的身影，立刻大喊：「這個人在發酒瘋啦！我們一起壓制住他！」

他說話的時候，那個一臉凶惡的中年男子也轉移視線看向他，同時還惡狠狠地說：「我勸你們不要多管閒事！誰幫這個賤女人，我連他一起打！」

就像是為了印證自己說話的可信度，中年男子短暫與張俞哲分開，從混亂的桌面上拿起一把水果刀，並且朝著兩人所在的範圍揮舞。

「他媽誰再過來，我就砍誰！」

情況更加嚴峻起來，但是警察卻還沒有到。就在俊宏被嚇得僵在原地不知所措時，好不容易跟男人分開的張俞哲又再一次撲了上去。

「冷靜喔！有話好好說！」他一面試圖奪取中年男人手裡的刀，一面盡可能壓制住他，令他沒有揮刀的空間。

說實在的，俊宏從小到大沒遇過這樣的事情，就算偶爾跟別人起了衝突，大多時候也沒有嚴重到拿刀的程度，所以看到張俞哲的行為，他第一個反應竟然是：「你先放開他，我們回房間等警察來啦。」

「你不要廢話啦！我們現在走了他殺人怎麼辦？快點幫我奪刀啦！」張俞哲絲毫沒有半分退卻的念頭，而是更加激烈地與男人搏鬥起來。

雖然俊宏也覺得張俞哲的顧慮不無道理，但是要他真的上前去幫忙奪刀，他實在是做不到。而且他看兩人搶了半天，一直都是難分難捨，他也實在找不到機會插入。

就在情況僵持不下時，兩人都沒注意到的門口，忽然傳來另一道陌生的聲音。

「不要這樣！」

俊宏下意識地覺得這肯定是警察來拯救自己，那一剎那，他的眼淚都要落下來了。終於，自己等待許久的救星出現了。

然而當他向門口看去，見到那映入眼簾的身影，站在那裡的根本不是警察，而是一個身形十分消瘦，頭髮花白，年約六十多歲的老人。

他是誰啊？

這個問題不約而從張俞哲與俊宏兩人心中劃過。也就在這分神思考的瞬間，張俞哲放鬆了警惕，不慎被水果刀劃傷。

刀刃割進他的皮膚，在他的掌心上留下了一條血口，鮮血瞬間自傷口湧出，滴到地板上。

男人見到自己真的劃傷張俞哲也似乎有些驚訝，兩人的肢體在這個空檔分開，只是男人仍拿著刀站在原地。

「我可沒有跟你們開玩笑，不要再過來喔！」男人大喊。

見狀，俊宏立刻上前拉住張俞哲，「走啦，我們去門口等警察來啦，你每次過來都是被打的份，現在還受傷，濫好人喔？」

張俞哲一面被俊宏往門口拖，一面還掙扎，「不行啦，萬一出人命怎麼辦？」

俊宏不耐煩地回：「出人命也不是你殺的，你管不到啦。」

他們一面向門口移動，一面說話。很快就經過了那個突然出現的老人身旁，三人對視一眼。就在張俞哲與俊宏又想起他們內心的重大疑問時，老人說話了。

「志鵬教友，你忘記我了嗎？我上星期才來拜訪過你。」

俊宏與張俞哲互看一眼，兩人心裡又都不約而同閃過：「這是哪裡來的神父還是牧師嗎？」
有了這個認知之後，張俞哲連忙勸阻他：「神父，你不要過去。這個教友喝醉了，很凶。」
老人回過頭，給了他一個溫和且和藹的目光：「我知道。但是我相信志鵬教友肯定記得他與我的約定。」
俊宏又推了推他，小聲說：「快走啦，我看這個人也不正常，你不要再多管閒事，快點跟我去醫院把傷口縫一縫啦。」
張俞哲臉上流露出有些猶豫的神情，「可是……我怕神父會有危險耶。」
俊宏覺得自己的白眼都要翻到後腦勺，有一股想要揍他的衝動在體內醞釀，但是看了眼他手上的傷口，又硬生生忍住了。
不過，出乎兩人意料的，那個拿著水果刀，原本還凶神惡煞的男人瞇著眼睛看了老人片刻後，竟然主動扔掉了手上的刀，一臉慚愧地跪了下來。
「我也不想這樣啊……」男人說著，竟然嗚咽著哭了出來。
兩人目瞪口呆地看著這一切的發生，無法想像剛剛那麼緊張的氣氛，突然間就變成了這樣。
「那個……」張俞哲想問老人是何方神聖，話音卻直接被哭訴的男人打斷。

「為什麼就只有我這麼倒楣？只有我過得這麼慘？」

兩人聽得一頭霧水，忍不住將目光移向了老人身上。這時候他們才看清他身上穿著一件胸前印有奇怪圖騰的長袖襯衫，帶著些許皺紋的手背自袖口露出。

與一般人不同的是，這位老先生手臂上微微突出的血管透著隱約的暗紅色，不是青色的。

「志鵬教友，只要你願意相信，神蹟一定會降臨在你身上。」

除了老人特殊的生理樣貌，他的聲音也彷彿有著一種魔力，讓人忍不住想聽他說話，也忍不住對他抱有一種親切的好感。

就這麼幾句對話的時間，剛剛還張牙舞爪、叫做志鵬的男人已經完全屈服了。他如今就像是一頭乖順的綿羊，匍匐在老人腳邊，為自己剛剛的行為深切懺悔。

「我錯了，謝謝主召的開示，我一定會改過。」

兩人對這幾乎算得上是峰迴路轉的情況可說是大開眼界，尤其是張俞哲他簡直不敢相信，一個剛剛還拿水果刀劃傷自己的人，竟然一秒鐘就可以變得這麼溫和。

不過他也沒有時間再去考慮這麼多，畢竟掌心的血還一直汩汩地向外冒，在確定了男人已經沒有危害後，張俞哲也不想再做停留，打算先去醫院處理一下傷口。

他口氣尊敬地對老人說：「那個，我要先去一趟醫院，等等如果警察來了，拜託您跟他們說一下。」

老人的目光隨之落到了他身上，十分歉然又關心地說：「怎麼樣？需要幫你們叫救護車嗎？」

張俞哲搖了搖頭，「不用，我朋友可以載我去。」

俊宏催促著說：「不要再聊天了，快點啦。」

兩人正要離開時，老人卻又說：「我從未見過像你這麼勇敢，又有愛心的年輕人。你叫什麼名字？」

兩人的目光再度一起投向了他，這時他們終於想起那個一直沒有問出口的問題。

「那個，不好意思，請問您到底是何方神聖？」

＊＊＊

「醫生，你可不可以輕一點？這個麻藥不太夠力，我的手很痛。」

醫生看了他一眼，「正常的，忍耐一下就好了。」

張俞哲臉上的表情扭曲，另一隻手緊抓著大腿，極力忍耐著把手縮回的衝動。

「俞哲朋友，如果你受不了，就握住我的手吧。」

站在旁邊的老人慈祥地朝他伸出手，還不忘微微一笑。

這怪異的場景連醫生都不禁停下手上的動作，轉頭看著他。

「他是你們的朋友嗎？」

張俞哲痛得面色鐵青，喘著粗氣說：「不是啊。我都不知道他為什麼會在這裡。」

老人又向醫生微微一笑，「你好，我是『奉神教』的召集人，楊獻召。這個小朋友被我們的教友刺傷了，我陪他來就醫。」

站在一旁的俊宏臉上也有點尷尬，但只是說：「這個問題之後再討論啦。先讓醫生把傷口縫好。」

醫生臉上閃過一絲迷惑的神情，但並沒有再繼續追問，很快就將張俞哲的傷口縫好，並且囑咐：「這幾天不要碰水，不要熬夜，少吃油炸的，多喝水。」隨即就由護理師領著他們走出診間，並將藥單交給俊宏，要他們去櫃檯批價領藥。

直到這時候，兩人的目光再度落在這個不請自來的楊獻召身上。

「那個，不好意思請問你跟著我們來醫院是？」俊宏說。

「怎麼說志鵬也是我們教會的信徒，他對你朋友做的事情，我實在很抱歉。」說著，他搶過俊宏手上的批價單，「醫藥費我會全部負責的。」

張俞哲看了他一眼，又看了俊宏一眼，像是在徵詢他的意見。

不過不等兩人交換出結果，楊獻召又說：「這也是我做為召集人的一點歉意。我們教會是相信世間大愛，勸人向善的，如今發生這種事情，我真的很過意不去。」

「喔，那好啦，這個事情就先這樣了。但是你們那個教友幾乎每天都在打老婆耶，你也管一下吧？」張俞哲說。

說到這件事，楊獻召深深地嘆了口氣，從他的眼中能見到最深沉的慈悲與憐憫。

「其實志鵬教友也是有很悲慘的經歷……」

楊獻召的話音在這裡停頓了一下，再見到兩人都目不轉睛地看著自己後，重新露出一個和煦的笑容，「那些事情有空我再跟你們慢慢說。倒是這位俞哲小朋友，我剛剛就覺得你十分有愛心，又樂於助人，很符合我們的教義，有沒有考慮加入奉神教？」

張俞哲被嚇得後退一步，連連搖手，「不需要啦，我沒有宗教信仰啦。」

楊獻召聽他這麼說，不僅沒有退卻，反而更加熱情地遊說：「如果你本來已經有皈依的神，我也不好意思破壞你的信仰。但是既然你還沒決定要信奉的神祇，何不來我們教會看看呢？」

張俞哲有些困擾地看了俊宏一眼，希望他能拯救自己。然而面對楊獻召的攻勢，連俊宏都向後退了一步，看來似乎沒有想要蹚這趟渾水。

面對朋友沒有義氣的拋棄，張俞哲也只能自立自強，再度說：「不用啦。我從小就是麻瓜體質，這些宗教、神祕現象，我通通看不到，也不相信。」

然而這句話一出，楊獻召的眼神卻閃了閃，那原本一臉和藹的表情，也轉為帶著些神祕。

「真的嗎？你真的沒有經歷過任何神蹟嗎？」

張俞哲不解他為什麼會這樣反問，仍是說：「對啊，真的就是一點靈感都沒有。」

楊獻召接著說：「不可能。我相信在你身邊一定已經發生過很多科學無法解釋的事情。比如說你的運氣是不是特別好？」

張俞哲還真的認真想了想，「如果要這樣說，可能是吧？像我就覺得這次只是被劃破手掌很幸運啊。」

楊獻召搖頭，口氣嚴肅地又說：「你再仔細想想，是不是曾經發生過一件事……」

一直站在旁邊希望能遠離傳教的俊宏再也忍不住了。他本來只是想給張俞哲一個教訓，讓他不要總是這麼衝動，一個人就單槍匹馬衝出去坦，但是現在的狀況已經超出他所預期的。

「那個，如果沒有事情，我要載我朋友回去休息了。」

楊獻召仍維持著本來和藹的笑容，乾脆地沒有再繼續追問，只是遞了一張名片給張俞哲。

「如果有什麼問題都可以聯繫我。」

張俞哲接過那張閃閃發亮的名片。上面除了印上一個與他身上衣服同樣的斗大的黑色標誌，就只有楊獻召的名字，旁邊寫著：奉神教召集人。下方一小排小字，寫的是電話跟通訊軟體帳號。

他點點頭收下名片，「好，有事情會再聯絡你，掰啦。」

楊獻召將批價單交給櫃檯並付清單子上的金額後，朝他們揮手微笑。

「能認識你們一定是願神給我的指引，感謝願神給予我美好的一天。」

一直到兩人離開了老人可見的視線範圍，張俞哲才一臉疑惑地看向俊宏。

「你覺得我是一個運氣好的人嗎？」

俊宏白了他一眼，「你的腦波真的很弱，那種騙人進去的話，你也相信？」

張俞哲哈哈一笑，「我想也是。如果我運氣好，怎麼會這麼衰剛好三次沒有去上課，就被教授抓包延畢。」

「你哪裡是只有三次沒有去。就我知道的，你起碼蹺課了十次。」

張俞哲一副懊惱的神情，「有這麼多次喔？我怎麼記得才三次？」

俊宏看了他一眼，連反駁都不想了，「不要廢話，回家了啦。」

張俞哲被強拉著坐上了機車，終於結束這驚心動魄的一天。

＊＊＊

不知為什麼，那天經過楊獻召這麼一說後，張俞哲仔細回想了這二十多年的人生，突然覺得自己好像真的有那麼一點好運。

雖然也遭遇過無數的困難，但大多數都是因為自己太過熱心衝出去幫忙導致。比如說想要幫助被流浪狗追的小朋友，然後換他被咬。又或者是想要幫路人調解糾紛，結果換自己被拉到警局理論。他的生活中就是充斥著各種自己作死的事件。

因為這種個性他被朋友罵了不只一次，但是他還是沒有辦法控制自己，忍不住就會衝出去幫助別人。

記憶中當然也有許多是完全可以佐證他運氣很好的事蹟，比如說他經常從地上撿到錢，還有遊戲抽卡總是可以無課抽到當期最新角色。不過說也奇怪，他的能力好像只能用在自己身上，如果幫其他人代抽，就不靈了。

認知到這件事情後，他十分興奮地將自己這個最新的發現與俊宏分享。

「你說，會不會我其實真的擁有某些神祕的力量啊？」

俊宏白了他一眼，「這種神棍說的話你也相信？」

「也不是說相信啦……就是，說不定呢？這樣想不是比較快樂嗎？感覺好像自己就不是這麼平凡的人了。」

「不知道你在說什麼。」俊宏完全不想加入這個超自然的話題，他自身邊放著的袋子裡掏出新的紗布跟棉花棒，「手過來，我幫你換藥。」

「換藥？不用啦。我看傷口已經結疤了耶，還好切得不太深，應該再過幾天就好了吧。」

俊宏一臉懷疑地看著他，但也沒有再說什麼，「那你自己觀察一下，有需要再自己弄。」

張俞哲看了那袋東西一眼，「你就是太大驚小怪了啦，這種小傷口哪有這麼嚴重？」

「就不要跟之前一樣，傷口發炎送急診。我現在要上班，沒時間半夜載你去醫院。」

「才不會啦。」張俞哲仍是不以為然地說，不過隨即他像是想起了什麼一樣，表情一變，「你現在的工作好嗎？感覺好像很忙。」

俊宏聳肩，「那是因為我很菜，什麼都不會，要學的很多。」

狹小的雅房內，張俞哲在床上躺了下來，望著那一片白色的天花板。

「不知道我畢業之後能不能像你一樣順利找到工作。」

他奇怪地看了他一眼，「你現在不是有工作？便利商店那個。」

「不是那種打工啦。就是想要一份錢比較多，比較專業，講出去也比較好聽的工作。」張俞哲說話的語氣顯得有些心不在焉，又有些飄忽，像是連他自己也沒認真看待這個話題。

俊宏自然是狐疑地看著他，「你有計畫好要找什麼工作了嗎？」

他搖頭，「還沒，走一步算一步囉。現在最重要的是要畢業！」

聽到這樣的回答，俊宏也放棄繼續跟他深入討論的意思。

就在兩人都陷入靜默時，隔著一扇薄薄木板的旁邊房間，又傳來了砰砰砰的聲響。

「又來了。」張俞哲厭煩地說。

但是那聲音只持續了幾秒，很快就安靜下來。取而代之的是十分響亮的說話聲。

「隔壁那對夫妻也太扯，說話有必要這麼大聲嗎？」俊宏不滿地說。

張俞哲自床上爬起來，又一次將身體貼到了牆面上，仔細地聽著那些來自隔壁的聲音。

一段時間後，他有些疑惑地轉頭。

「他們好像不是在說話耶。」

「那是在幹麼？」

「你仔細聽，他們說的話，好像都是一樣的。」

被這麼一說後，俊宏也安靜下來，試著聽清楚從隔壁傳來的聲音究竟是在說些什麼。

兩人就這樣安靜地聽了十幾分鐘，最後仍是俊宏率先受不了。

「聽不懂他們在說什麼，說得太快又太含糊了。」

張俞哲則顯得很有心得，「我覺得他們好像是在念咒。」

「這個時間點念咒？」

他沉默了一分鐘，又仔細聽了一次，點頭，「應該是在念咒。嚇死人了，晚上念咒是在召喚什麼妖怪嗎？」

俊宏不以為然地聳肩，「應該是什麼宗教信仰吧？哪可能召喚出什麼妖怪。」

「我覺得不是耶。」張俞哲再度反駁。

「為什麼？」

「我好像一直聽到他們在說……神現跡，除了那三個字聽得懂，其他都不知道是什麼。」

相對於張俞哲緊張的神情，俊宏顯得很不以為然。

「反正你的隔壁鄰居現在不打老婆了。」

「雖然不動手動腳是很好，但怎麼感覺更恐怖了？」張俞哲臉上閃過一抹恐懼的神情。

就在這時，沉重的碰撞聲再度響起，夾雜在念誦聲中，聽起來就像是有某種東西真的順應了咒語的召喚，來到了這裡一般。

張俞哲驚慌地喊：「你有沒有聽到？這什麼聲音？」

「這不是隔壁在敲東西嗎？」

「不是吧？敲什麼東西會是這個聲音？」

俊宏被他這個樣子煩到不行，只好打開門走出去，又一次敲響了隔壁的房間門。

「不好意思，時間已經很晚了，你們可以小聲一點嗎？」

他連敲了三下，隔壁都沒有人出來應門，那些詭異的聲響也沒有停止。慢了一拍才從房間裡走出來的張俞哲拉著他，「算了啦，不要管他們了，萬一沾上髒東西怎麼辦？」

俊宏簡直快要被他氣死了，不禁提高了音量說：「隔壁吵架你都敢去勸架，現在發出這些怪聲音吵人睡覺，你怎麼就不敢說了？」

「不一樣啊，前面是人，大不了就是受傷而已。現在這個不知道是什麼東西，很恐怖啦。」

「你不是麻瓜，沒有宗教信仰嗎？」他沒好氣地問。

「對啊，可是我會怕啊。我很膽小嘛！」張俞哲講得理直氣壯。

俊宏簡直無話可說，只能繼續敲了敲房門。

「可以請你們安靜嗎？再不安靜我們要報警了。」

也許是報警這個詞彙起到了震懾的作用，隔壁的房門終於打開了。只是房門開啟後出現的景象，卻令兩人都大吃一驚。

只見隔壁的夫妻兩人臉上跟手腳都用硃砂畫著詭異的圖騰。最令人不解的是站在那個丈夫身後的妻子，她身上除了硃砂的痕跡外，還有很多不明的咖啡色、半固體的東西，正沿著她向他們靠近的動作，慢慢掉落。

同時，兩人即刻聞到了空氣中隱約飄出的臭味。

他們互看一眼，臉上都閃過一抹驚恐又不敢置信的神情，但兩人誰也不敢將心中想到的問題說出口。

丈夫與兩人對峙一陣子，見他們始終沒有再說話，就又關上了房門。同時那沉悶的撞擊聲又再度響起。

「她身上的……是那個嗎？」張俞哲率先提出問題。

俊宏聽完後沉默了一會兒，臉上露出一抹鄙夷的神情。

「這些人都信教信到腦子壞掉了。」

「我們如果再去干擾他們，會不會被丟大便啊？」張俞哲說。

俊宏意味深長地看了他一眼，沒有說話。任由隔壁傳來的念誦聲越過輕薄的木板，侵入這個房間。

兩人一時間竟然都對這個問題束手無策。

＊＊＊

最後隔壁鄰居傳來的聲響一直持續到天亮才終於停下，悲傷的是張俞哲才剛睡沒多久，通知他上課的鬧鐘就響了。

這堂課永遠都排在早八，老師也永遠是同一個人，就連重修都找不到其他的老師與時段。之前就是因為自己老是睡過頭，出席率過低才被當掉。

所以這次即使嚴重的睡眠不足令他感到一陣頭暈目眩，他還是勉強撐起身體，用盡毅力堅持趕在上課鐘聲響起前進到教室。

教室內，舒服的冷氣以及平穩的桌椅，很快就勾引著張俞哲，令他墜入了沉沉的夢鄉。

他依稀覺得在這樣舒適的睡眠中，自己做了個同樣美好的夢境，然後在他一臉滿足睜開眼的那一秒，就看見原本應該在前面上課的老師正站在自己面前。

「你睡得很香啊？要不要跟大家說說看夢到了什麼？我聽你一直說夢話。」

雖然老師微笑地看著他，連說話的語氣也與平常上課無異，不過張俞哲知道自己死定了。

他立刻站起來，對著老師就是一個深深的鞠躬，「對不起，我不應該在上課打瞌睡。」

不過老師卻並不打算就這樣放過他，只見他走回講臺拿出點名簿，看著上面排列的名字，冷冷地說：「又是你，上次是勸架弄到手受傷，這次又是什麼原因？」

他雖然覺得這件事情說出來好像有點奇怪，但仍是回答：「我鄰居在身上抹大便念經，我睡不著。」

老師的表情微不可察地僵了一瞬，然後才說：「……都延畢了，還整天鬼混，你同學都已經出社會了，就你在這邊補修，還不好好上課，是想要再一年嗎？」

聽著老師嚴厲的訓斥，張俞哲心中泛起一股強烈的情緒，他無法分辨這當中夾雜的到底是些什麼感情。不僅是被老師這樣當眾洗臉令他十分不滿，再想到自己在課堂上睡覺搞不好得罪了老師，又要再重修一次，心情更是盪到了谷底。

他又想起畢業那天，所有人穿著學士服，拿著畢業證書拍照，還有謝師宴每個人臉上那快樂又充滿活力的笑容。那時候他就感覺到自己好像陷入某個空間的裂縫，只有自己的時空跟他們是不一樣的。所有人都在同步前進，順著時間的方向一點點朝向自己該踏上的道路，而只有自己被遺留在了原地，被留在了選擇的路口。

老師的聲音還在繼續，但是他已經聽不清楚了。他滿腦子想的都是自己為什麼會落到這個田地，為什麼自己沒有辦法跟上其他人的腳步？

他不知道這堂課是什麼時候結束的，也沒有聽見老師後面到底又針對自己說了些什麼。很長一段時間，他坐在位子上卻覺得周圍陷入了一片黑暗，本來那刺眼的陽光通通都隱沒了，只剩下無邊的黑暗與他心底不斷迴盪著，逐漸越來越強烈的渴望……

如果有什麼辦法可以讓自己脫離現在這樣失敗的狀態就好了。

強烈的渴望令坐在位置上的張俞哲不自覺地握緊了掌心，已經結痂的傷口因為這樣裂開，微微滲出血來。

不過張俞哲仍然緊緊地握著拳頭，臉上沒有任何神情，以漆黑的雙眼平視前方，就像是毫無感覺一樣。

＊＊＊

學校下課後，張俞哲還必須趕赴便利商店打工。

每一次站在收銀臺前，他都會有種奇異的感覺，好像自己的人生會這樣無限制地延續下去。始終拿不到那張畢業證書，只是為了貼補溫飽的打工也隨著那一直延期的證書，不斷地持續下去。

自己這樣的人生究竟有什麼意義呢？他甚至有些期望自己真的是某個特別的存在，雖然理智上知道這一切不過就是一個騙局，但如果是那樣的人生，自己存在的意義也許就不會這麼模糊了。

這個念頭最近總是不時出現在腦海之中。

不過就在他想得入神時，櫃檯前突然出現了一個十分熟悉的身影。

這人的出現，令他也開始反思，自己是不是像朋友說的：太天真，整天想些沒營養的問題，又太容易被說服，導致什麼奇怪的事情最後都會來到自己身上。

楊獻召一臉笑容地站在櫃檯，手裡拿著那瓶待結帳的飲料。

「又見面了俞哲，我們很有緣啊。」

他不知道該怎麼回應，只好拿起擺在櫃檯上的東西，流暢地結帳。

「三十五塊。要集點嗎？」

「不用，你的手還好嗎？」楊獻召拿出紙鈔，目光落在他還纏著繃帶的手上。

「沒事啦，傷口癒合得很好，都已經不會痛了。收你一百，找你六十五及發票。」

「那你有想到什麼不尋常的事情嗎？」楊獻召接過找零，目光十分熱切地盯著他。

張俞哲不明所以地看著他，「什麼？」

「你有想起什麼發生在周圍，不尋常的事情嗎？」

「那個啊……」他嘆了口氣，「現在仔細思考了一下，感覺之前可能是我的錯覺吧。」

聽他這麼說，楊獻召激動地握住了他的手，「怎麼會是錯覺！你一定有某種不尋常的能力，你再仔細想想！」

張俞哲忍不住皺起眉頭看著他，「我不信這些啦，你不用再花時間在我身上。」

可楊獻召並沒有就這樣被勸退，反而用更熱情的語調說話，那張洋溢笑容的臉甚至因為過度的狂熱，顯得有些歪斜。

「不，你並不是需要寄託的信眾，你的身分遠比你自己以為的更尊崇……」

張俞哲眼看自己無法打發這個糾纏不休的老人，只能趕快從櫃檯撤退，轉往冷凍庫補貨，藉以逃避這個被強迫傳教的場面。

然而就在他前往冷凍庫的路上，楊獻召說出了今日令他最震驚的話。

「也許你現在不相信，但你其實是我們經典裡說的，『願神』的轉世。」

聽到這，原本沒有打算理會他的張俞哲忍不住轉過頭來看他。

「什麼？」

楊獻召以更加熱切的語氣說：「根據經典裡說的，願神轉世者，熱心助人，且身邊有著被庇佑的異相。」

他斜睨著他，「這個條件滿籠統的耶，應該有不少人都符合吧？」

「不，最重要的是，看見你的那一瞬間，我就有一種感覺。就是你，我找了很久的願神轉世，一定就是你。」

張俞哲覺得這整件事情實在太荒謬了，尤其面前這個人還根本提不出什麼足以說服自己的證據，聽起來完全就像是唬爛。

他頓時也失去繼續與他糾纏的興趣，加快了步伐要轉進冷凍庫。

這時，楊獻召突然又說了一句話。

「你們家是不是只有你一個孩子？而且小時候你還曾經經歷過危及生命的意外？」

這句話順利令張俞哲轉過頭，狐疑地看著他，「這些你是去哪裡打聽的？」

楊獻召臉上揚起了自信的笑容，「我說對了，是嗎？這些都是記載在我教經典上，轉世願神的特徵。」

他仔細審視他的面孔，企圖從中找出任何一絲狡詐的表情，可卻什麼都沒有發現，甚至沒有辦法令自己不被他的話語影響。

那是一件埋藏在他童年的祕密，因為過程太過恐怖，他甚至沒有跟任何朋友說過。

直到現在，他偶爾還會片段地想起那座位於老家的後山，那個荒涼傾圮的廢墟中，空氣裡傳來潮溼且陰森的氣味……記憶反覆輪迴在此處，再也無法往下。

張俞哲沉浸在了記憶之中，而楊獻召趁著這個機會又說。

「你小時候家境不好，父母很少陪你。你以為發生那樣的事情是自己太容易跟陌生人走，但其實不是的。一切都是註定的。」他停下來觀看張俞哲的表情，又說：「那一天，註定你會出現在那裡，也註定你會遇到那個人，渡化他。」

楊獻召的話帶來了更深的震撼，將張俞哲從記憶中拉回。此時他的臉色已經不像剛剛那樣隨意，而是帶著一點震驚與不安。

「你知道那個人？」

他搖頭，「我不知道。但是願神的一切都會記載在我教的經典上。」他稍停了一會兒，有些猶豫地看著他，「也許你現在還不能相信，但我確實擁有感應願神的能力。」

張俞哲緊盯著他表情，沒有回應。

「我不只知道這些經典上記錄的事情。我還能感應到你的父母，現在正面臨一個大病。」

「什麼大病？」

「你也許應該注意他們的身體狀況，根據諭示，如果沒有及時化解這場病殃，你會失去他們其中一人。」

楊獻召說完這席話後，不等張俞哲趕人，就轉身離開了。

只剩下張俞哲看著他離開的背影，心中不安的種子逐漸萌芽茁壯。

＊＊＊

夜裡，當張俞哲拖著一身的疲憊回到租屋處，迎面就看到那個造成他今天整天睡眠不足的隔壁鄰居。

此時只有那天被打的老婆一個人站在走廊上向四周張望，像是在尋找著什麼。

張俞哲站在自家房間門口看著那個臉上青一塊紫一塊的女人，心中掙扎著要不要上前與她搭話，也許還可以提醒她那樣的行為會吵到鄰居。

但是當他正準備鼓起勇氣發出聲音時，只聽見那個女人突然轉向他，瞪大了雙眼說。

「就是你！就是因為你！」

他雖然不知道這個女人到底指的是什麼，不過他想兩戶人就住隔壁，她有什麼東西被自己影響了也並不奇怪，就像她昨天晚上鬧了整個晚上也確實很深刻地影響到了他。

雖然張俞哲有許多想說的抱怨，不過話到了嘴邊就變得十分婉轉，「那個，我沒有干涉你們宗教自由的意思，但是晚上能不能小聲一點？」

女人盯了他一陣，接著默默地轉身走回房間裡，絲毫沒有要理會他的意思。後者看自己的發言直接被當作空氣，又想到自己還曾經為了救她被劃了一刀，內心頓時有些後悔自己之前的多管閒事。

「早知道就不多管你們的閒事，兩個瘋子配一起剛剛好。」

他碎念完這句話後，也打開了房門進去。不知道是剛剛的話被隔壁聽到了，還是因為又到了晚上，張俞哲才剛關上房門，隔壁頓時又傳來一陣咚咚咚的沉重敲擊聲。

「不會吧？今天還來嗎？讓不讓人睡覺了？」

他極端崩潰地吶喊著，但是那咚咚咚的聲音並沒有停止，反而還加上了許多節奏的變化，並且在打擊聲中隱約能聽見一道壓低了的聲音，正連綿不斷地念誦著他聽不懂的咒語。

「證……神明道……拋……身……與神共和生……願成者……歸心神現……」

「一直念、一直念，是有人死了喔？」

失眠了一天的張俞哲異常地煩躁，他甚至覺得再這樣下去自己都要瘋了。理論上自己應該去隔壁敲門阻止這樣的噪音，但是一想起那天恐怖的畫面，加上現在還沒有俊宏在，他實在沒有膽子這樣做。就在他因為噪音煩躁地在房間裡來回踱步時，一個奇異的念頭突然襲上了他的腦袋。

——如果真如他說的，我是一個不平凡的人……或者是神祇轉世呢？

在這樣詭異念頭的驅使下，他站到了牆邊，伸手彷彿推拒著透過牆面傳來的聲音，語氣滿懷自信地說：「停下來！」

不知是隔壁聽見了他低聲的命令，還是因為其他，張俞哲剛說完時聲音確實暫停一秒，但緊接著又是連串的敲擊與誦咒聲。

張俞哲又重新做了一次同樣的動作，再次說：「停下來！」

隨著他的聲音，隔壁的敲擊聲又短暫停止了幾秒，接著重新冒出一連串誦咒的聲音。

他低頭看了看自己的雙手，這次用盡了全力，將雙手向前推出去，「停下來！安靜！」這次他連聲音都大了一些。

結果，一直持續的聲音真的都停下了，隔壁竟然真的再也沒有傳出任何聲音。只剩下張俞哲自己的呼吸聲，迴盪在回歸安靜的空間之中。

「不會吧？真的停下來了？難道我真的擁有不平凡的能力？」

他一面難以置信地看著自己的雙手，一面思考著隔壁停下的聲音究竟跟自己有沒有關係。

得來不易的安靜一直持續著，此時隔壁半點聲響都沒有傳來，就像是睡著了一樣，剛剛那激烈的敲擊與誦咒聲好像是自己的一場夢般。

張俞哲半信半疑地回到靠窗的椅子上坐下，腦中還思考著自己這隔著牆壁能夠令人安靜的超能力。

然而就在這時，一直持續的安靜卻突然被劃破了。只聽窗外由遠而近傳來一陣陣救護車的鳴笛聲，那聲音隨著時間越來越近，最後好像就停在了這棟公寓的樓下。

張俞哲好奇地透過窗戶向下看，果然見到一輛救護車停在門口，隨即兩個人一起抬著擔架，從救護車上下來。

是哪一個房間的人生病了嗎？張俞哲好奇地打開房門，向走廊觀望。沒多久就見到抬著擔架上來的救護人員停在自己隔壁的房間前，同時隔壁房間的門打開了，那個叫做志鵬的人渾身沾著疑似血跡的紅色走出來。

「人在裡面，你們把她弄走吧。」

救護人員看了他一眼，臉上浮現與張俞哲同樣疑惑的表情，「是什麼情況？」

只看見志鵬聳聳肩，一副無所謂的樣子，「我從後面打了她一拳，她的頭撞到地板流血了。」

聽到他的陳述，救護人員互看了一眼，很快說：「那請你讓一下，我們要送傷患去醫院。」

志鵬依言讓出道路，讓救護人員能夠進到房間，也就是這時，站在走廊的張俞哲才見到房間內的慘況。

地上一攤血跡，剛剛自己看見的女人就躺在血跡旁，能夠清晰地看見她的額角上有一個正在冒血的傷口。

救護人員很快圍著她，將人固定好並放上擔架，沿著那窄小的樓梯間下樓，將人抬上了救護車。

這期間張俞哲一直站在原地，直到巷子中再次傳來救護車鳴笛的聲響，這次是由近而遠，最後隱沒在黑夜中，漸漸消失。他才恍然回神般，意識到就剩下自己與志鵬站在走廊上。

看到對方身上的鮮血，張俞哲腦海中不受控制地浮現出他打人時的凶狠面孔，再想到搞不好他心情不好會連自己也一起打，只能趕緊逃回房間關上門，將自己與那個人隔絕。

回到房間後他仍是驚魂未定地在房間中踱步，不能理解他們剛才明明應該正在從事那個神祕的宗教活動吧？怎麼才這麼短的時間，丈夫就把老婆打進醫院了呢？而且雖然他不能分辨出丈夫到底有沒有參與，不過在他理解中，這對夫妻應該都是狂熱信徒吧？難道是兩個人突然在教義上起了爭議，才導致這場悲劇嗎？此刻他腦中飛奔著無數的猜測，最後他突然想起了在這場慘劇發生之前……自己做的事情。

「不可能的，不可能發生這種事情的……太誇張了，這根本沒有科學根據。」

他又繼續看著自己的雙手數秒，然後像是想要擺脫腦中那個荒謬的念頭一樣，用力搖著頭。

「這些怪力亂神的東西都是騙人的！沒錯！都是騙人的！」

第二章

「喂？你現在有沒有空？我跟你說，超扯的！」通話一建立，張俞哲就迫不及待地開口，他要把自己這些天來經歷的怪事通通都跟他說。

「嗯？怎麼樣？」俊宏的聲音還是一如既往的平靜，他十分擅長聆聽別人講話。通常張俞哲打電話給他，除非他徵詢俊宏的意見，不然大多時候他都是沉默的聽著，頂多偶爾發出一兩聲「嗯」，以證明他人還在，有在聽。

這次的對話也是這樣，張俞哲先是氣勢洶洶講了一連串關於隔壁怎麼誇張，半夜有多吵，還把老婆打上救護車送進醫院等等。

關於這件事情，俊宏給予的總結是：「你有沒有考慮搬家？」

第二個話題張俞哲說到了楊獻召，他將這個奇怪的人與自己的對話大概告訴了俊宏，並且針對一些疑點詳細討論。

「那個楊獻召真的太奇怪了，他竟然知道我小時候的事情。」

只是俊宏的反應顯得有點冷淡：「什麼事情？」

張俞哲頓了頓，似乎仍然不想將那件事告訴任何人，只是語帶含糊地說：「那不重要啦。重點是，他好像真的有神力，竟然能知道我以前的事情。」

「你怎麼知道那不是他去調查的？」

「我本來也這樣懷疑，可是他為什麼這樣做？」

「可能想騙你錢啊。」

「騙一個靠打工維生，還在補修的大學生嗎？」

「那很難講，說不定把你賣到柬埔寨之類的。腎臟很值錢呢。」

「就算是這樣，就為了騙我一個人，也太大費周章了吧。」張俞哲在這裡停頓了一下，換上了有些不安的語氣，「他還說我的父母會生病。」

電話那端還是傳來那陣不冷不熱的聲音，「這種路邊算命騙人的話你也相信。我現在更確定了，他說不定是要騙你爸媽吧？」

俊宏的猜測啟發了他，他仔細一想，確實也覺得如果要給這件事情一個合理的解釋，好像只有被詐騙集團瞄準比較合理。

一想到自己與家人都暴露在這種風險中，他忍不住擔憂起來。

「你說得有道理。不行，我現在要馬上打電話回家跟他們說，免得他們被騙。」

俊宏也十分贊同地回應，「確實應該跟他們說一下，不要到時候被騙了你也不知道。」

「我現在立刻打電話給他們。先這樣，之後再聯絡你，掰。」

說完，張俞哲切斷了與俊宏的對話，轉而撥出了家裡的電話號碼。鈴聲響了一陣，電話另一端才終於傳來接通的聲音。

「喂？找誰？」

「爸，我阿哲啦，最近家裡有沒有發生什麼事情？」

「阿哲喔？你書讀得怎麼樣？有夠丟臉的，全班就你一個人沒有畢業。」

張俞哲萬萬沒想到電話一接通就是調侃。雖然延畢的事情確實常常被父親拿出來提醒，不過今天他要說的事情可比延畢還重要很多耶！要是自己沒有提醒他們，萬一他們被詐騙幾百萬怎麼辦？不過他也搞不太清楚家裡究竟有沒有幾百萬可以被詐騙就是了。

打電話回家這個計畫，雖然開頭不太順利，不過張俞哲還是覺得自己應該有始有終，把這件事情好好地說完，於是他用著罕見的急切語氣說：「唉唷爸，這個不重要啦！我跟你說，我最近遇到了一個疑似詐騙集團的人，我怕他們會打電話給你們騙錢，所以先來通知你們。」

父親一聽這句話，語氣終於有了些變化，「你是做了什麼事情，怎麼會遇到詐騙集團？」

於是張俞哲將自己怎麼遇到楊獻召的經過，以及對方又跟自己說了些什麼，還有剛剛他與俊宏的猜測，全部都跟父親說了一遍。

沒想到父親安靜地聽完後，語氣卻有些奇怪地說：「他怎麼會知道你小時候發生的事情？」

「詐騙集團肯定是去調查過我們。」張俞哲理所當然地回應。

不過父親的聲音聽來卻還是有些遲疑，「總之，不知道對方的目的是什麼，你也要多小心。」

「那還用說，我就是怕你們被騙，才專門打電話跟你們說。記得等等也要提醒媽。」

父親的聲音聽起來卻仍是十分憂慮的樣子，「我是說你要多注意自己的安全……我怕他說不定跟之前那個人是同夥……我不知道啦，總之你要多小心。」

僅止從聲音他都能夠聽出父親對「那件事」的恐懼，這不免也勾起了那件沉寂在他心中多年的事情……直到現在他的記憶雖然已經有些模糊，但是只要他試圖去想那天的事情，就無法制止那逐漸蔓延全身的冷意與恐懼。

他知道那場事情無論是對自己或者父親來說，都是一個不好的回憶，即使事件已經過了很多年，他們也盡量避免去談論，以免勾起彼此心底的創傷。

聽到父親這樣說，張俞哲知道他肯定是非常擔心，才會重新提及這件事情。不得不說他一開始聽見楊獻召這麼說時，心底也劃過了一絲不安，只是隨即被理性壓制了。

「我知道啦爸。」

得到他的保證，父親遲疑了一瞬，然後才說：「多小心。有什麼事就打電話回來，這個事情我再跟你媽討論看看，有事情我們再打給你。」

「好，那你們也要多注意。」

張俞哲掛斷電話後，回想起電話中父親驚恐的語氣，總覺得那種隱約的不安又回來了。那感覺就像是隱形的刺，一直存在他的心中，即使他刻意不去想起這些事情，但那個痕跡卻還是無法輕易從心中抹去。

這個感覺一直持續著，即使他躺到了床上，也不能遺忘。朦朧的記憶紛亂地在腦海中跑動著……他還記得事情發生的那一天，應該是一個陰雨的天氣。

＊　＊　＊

大片的姑婆芋葉片遮蓋了他的視線，空氣中有一種潮溼陰鬱的氣味。從他一路走來的小徑向後看去，所有足跡都被雨水打下的落葉所遮蓋。

那些盛積著雨水的葉片向下滴著冰冷的水珠，彷彿企圖延長那場降雨的時間。

「叔叔，我們要去哪裡啊？」

走在前方的男人不斷向著叢生的林木縫隙走去，從原本尚可辨認出的獸徑，一直深入到荒草叢生，只能靠著人力闢出通路的地方。

他越走，心中就越是浮現一股難以依靠的不安感。

樹梢間傳來一聲不明的怪叫，他回頭去看，彷彿還能見到一張模糊的臉出現在層層遮掩的樹枝間，只有臉的詭異景象瞬間將他的恐懼提高到了最高點。

「那裡有臉！」他驚叫著。

此舉卻只引來走在前方的男人回頭，沒有焦距的雙眼輕描淡寫地看了一眼他指著的方向，「那只是一隻鳥。」

那樣平淡的語言並不能平復被驚嚇的內心，他激烈地哭喊起來，全然忘記了自己之所以出現在這裡的理由，朝著反方向走去。

「我不要去那個地方了！我要回家！」

但那小小的腳步都還沒邁開，就感覺到自己的身體因某種力量騰空了。等他轉頭見到男人那雙漆黑的眼珠時，才驚覺自己竟然被他扛在肩上，一步步向著更深處的林中而去。

「放開我！我要回家！放我回家！」

從他的角度看去，那雙漆黑的眼睛就像是兩個深邃的黑洞，它目不轉睛地盯著自己，就像是要將他吸入沒有邊際的洞中一樣。

「你不是要跟我一起去找實現願望的小精靈嗎？它就在前面了，你不希望實現願望嗎？」

這句話成功地停止了他的哭鬧，原本害怕的眼底生出一抹希望。

「真的嗎？」

「真的，你看。」

伴隨著男人突然變得輕快的語調，出現在他們面前的是一棟廢棄許久的空屋。房屋的外牆已然斑駁傾倒，留下許多無法修復的破損與空洞。溼潤的密林中，植物藉由豐沛的水氣生根在那上面，一叢綠樹破開了廢墟的屋頂，自那些磚瓦之中冒出頭來。

「就在這裡面喔，我們進去吧。」

男人沒有等他回答，推開了廢墟腐朽的大門，撥開那些盤踞在他們面前的蜘蛛網，進到那空無一物的房屋中。

他的鼻間有一股難以形容的氣味，像是存放很久的肉製品風乾後的氣味，又像是羽絨因為過於潮溼發出的腐朽霉味。他無法準確地形容出那種氣味，卻彷彿能夠清楚地看見，那些氣味在空中實體化，散發出詭異的色光。

廢墟的地面上爬滿了無數突起的樹根，它們極有默契的一束束相互纏繞，彷彿受到了某種指示一般，在灰泥的地面排列成出線條複雜的花紋。

男人踩在高低不平的樹根上，連帶將他的身體也顛得左右搖晃，空氣中彷彿蟄伏著什麼，隨時準備衝出來。

「小精靈在哪裡？」他問。

男人將他放下地面，在陰暗的廢墟內四處走動，似乎真的在尋找他們口中所說的那個「小精靈」。

就在這時，兩人進入的那扇大門突然發出了巨大的聲響。也許是風，又或者是荒廢已久的屋子裡真的存在著其他東西，只見那扇已經腐朽的大門緩緩地閉上，彷彿阻止他們離開一樣。

男人轉過頭看向大門的臉上有著一股詭異的笑容，明明也是黑色的眼珠此刻竟然隱隱發亮著，就像是暗夜裡的野獸一般。

「小朋友，你知道嗎？實現願望的小精靈，是需要召喚的。」

他發現事情好像有些不對勁，腳步不安地向後退了退，連語氣也有著幾分恐懼。

「那、那要怎麼召喚？」

男人突然轉過身，站在屋頂開了個洞的範圍中。

此刻雨珠一顆顆地落下，比剛剛更加猛烈磅礴，即使有樹冠遮擋，依舊很快將男人的身體淋溼。

「傳說，小精靈會受到跟他一樣年紀的孩子召喚。所以，要讓小精靈出來，需要你來呼喚祂。」

「我要怎麼呼喚祂？」他疑惑地問。

就在他被話題引開注意力時，男人不知什麼時候將他放了下來。那高大的身軀投下陰影將他籠罩，那些自他身上滴落的深色水滴，落在他的頭上與臉龐，也將他的手腳與身軀沾溼……

光線晦暗的屋內，地面瞬間被那些鋪開的液體占滿，如同一汪濃稠的沼澤。液體積蓄那些坑坑窪窪的地面。

男人每向他靠近一點，那些因動作而濺起的水液就噴到他的身上，帶來一種腥臭的氣味。

「來，呼喊祂吧。」

直到他與他之間只剩下一步的距離，他才看見了男人手上原來一直拿著一樣東西……那是刀。

「只要獻上新鮮的祭品……可以實現願望的小精靈就會出來。」

他表情陰鬱地說著，舉起手上那把亮晃晃的尖刀。就在他因為害怕而閉上眼睛之時，男人將刀落向了頸間，猛烈的腥味湧入鼻尖，並且在光線陰鬱的眼中，噴濺出一條鮮紅的弧線。

溫熱的液體濺滿了他的全身，他的世界瞬間染上了一片鮮紅。伴隨著男人逐漸扭曲的臉龐，以及不斷抽動的肢體……

四周的光線都暗下，那些靜止的樹梢卻在這一刻同時晃動起來。無數不知名的聲音自四面八方響起，聲音像似人們的哭嚎，又像是瘋癲的狂笑。

他緩緩睜開的雙眼映照著他，那對深黑色的眼珠，隨著逐漸襲來的冰冷，逐漸的泛白硬化……最後覆蓋上一層薄薄的翳膜。

＊＊＊

張俞哲睜開眼睛，強光透過窗戶照射在他的臉上。映入眼簾的光線令他有些短暫的不適，即使閉起眼睛也能感覺到光的炙熱，穿透眼皮後帶著黯淡的紅色。

他不得不從床上爬起來，以躲避那刺眼的光線，他看了眼旁邊的手機，發現時間已經中午。他回想著昨天自己打完電話上床，也沒有做什麼激烈的活動，這一覺卻睡了將近十二小時，醒來還是覺得十分疲倦。

隱約間他覺得自己晚上似乎夢見了什麼，但是夢的內容全部都忘記了，只知道那肯定不是一個很愉快的事情，也許那就是造成自己睡醒之後感覺這麼差的原因。

他伸了個懶腰，正準備去浴室刷牙洗臉，就聽到旁邊傳來一陣輕細的交談聲，隱約可以聽得出來其中一個說話的人是女性。

聽到這聲音，他不免讚嘆起人體的復原能力。想起自己那天目睹隔壁家暴的現場，想不到被打成那樣，才過幾天就出院了。而且最令他訝異的是，她竟然還是選擇回來跟丈夫住在一起，只能說他真的不太懂隔壁那家人到底都在想些什麼。

懷抱這個不解的疑惑，張俞哲完抓起鑰匙打算出門吃中餐，卻沒想到打開房門看到的，除了隔壁的夫妻外，還多了一個人——楊獻召。

一看見張俞哲，他立刻揚起那一抹招牌的微笑，親切又和藹地說：「有段時間不見，最近過得還好嗎？」

張俞哲覺得自己最近實在是倒了大楣，不僅整天遇到一些奇怪的事情，還被奇怪的人糾纏，從他的鄰居到這個楊獻召通通都是造成這個結果的元凶。

由於他已經在心中下定決心不要再跟這些奇怪的人有瓜葛，面對楊獻召熱情的招呼，他只是冷淡地點頭，心裡一直沒有忘記他可能是詐騙集團的身分。

不過事情並不如他想得這麼簡單，想不到自己這個敷衍的態度惹到的並不是楊獻召，而是一旁站著的志鵬。

「你什麼態度啊，總召大人跟你打招呼沒聽到嗎？」

志鵬上來就拉住張俞哲的衣領，一副隨時要開扁的樣子。

反而是站在一邊的楊獻召趕緊上前阻止，「志鵬教友不要這樣，你就是脾氣太暴躁了，要溫和一點，做事情才會順利。」

他一說完，原本凶神惡煞的人立刻就像換了一個面孔一樣，連連點頭附和著，「您說得對，是我太過暴躁了，我一定要努力改進自己。」

志鵬這麼說完，楊獻召也同意地點點頭，臉上露出一個欣慰的表情，「這樣就對了，一定要時刻謹記願神的教誨，修養自己的身心。」接著就是他一連串關於教義的發言，要不是因為志鵬的手還抓在張俞哲的衣領上，他真想馬上就走。

終於，他耐心等待著楊獻召的教誨告一段落，才抓到機會說：「你們慢慢聊，我去吃午餐。」他說著，拍掉拎著自己衣領的手，並且退後了一步，想藉此機會趕快離開這個是非之地。卻沒想到他的腳步才剛動，對方很快又抓住了他的手。

「俞哲朋友，我跟你一起去吧，正好我也還沒有吃飯。」

他瞪大了眼睛看著他，由於對方的態度實在太過自然，竟然讓他一時間不知道該怎麼拒絕，只能任由他跟著自己。一路上他一直在組織拒絕的話，但是一看到楊獻召那個自然的微笑，他就發不出半點聲音。

結果就是楊獻召跟著自己一起進到了麵店，並選在他對面落座，一臉笑容地看著他。

「俞哲朋友，你常來這家店吃東西嗎？有什麼比較推薦的嗎？」

張俞哲的表情一言難盡，明明不想理他，但是又沒有辦法坐視氣氛太過尷尬，只能勉強回答他。

「滷肉飯加蛋。」

楊獻召得到答案後滿意地點頭，對著老闆說：「兩碗滷肉飯加蛋，再幫我切一盤小菜，兩份青菜，加兩碗湯。」

他目瞪口呆地看著他，「你點這麼多吃得完嗎？」

「你年輕人努力一點囉。」楊獻召瞇著眼睛笑著說。

「我要吃什麼自己點就好了。」張俞哲企圖做最後的掙扎，拒絕接受楊獻召的請客。然而他的抵抗顯然沒有太多用處，尤其沒多久後，老闆就把東西端上桌面了。

「沒關係，是我要跟著你來的，這一頓我請客一起吃。」

張俞哲不忍心看食物被浪費，只能拿起飯碗扒飯。

他本來想兩個人安靜吃完這頓飯就好，沒想到楊獻召才吃了幾口飯，就說：「對了俞哲朋友，上次我跟你說的事情，你去驗證了嗎？」

張俞哲本來還不打算揭穿他的，一聽到他主動提起這個話題，忍不住就說：「你不用再騙我了，我也已經打電話回家提醒了，你是沒有辦法從我們這邊得到任何利益的。」

楊獻召露出有些困惑的眼神看著他，「俞哲朋友，你為什麼這麼說呢？我哪裡騙你了呢？」

他放下碗，認真地觀察著他，像是企圖從對方臉上的表情看出他接下來說出口的話，究竟是真是假。

「我知道你去我老家調查，那些事情都是你跟鄰居打聽到的對不對？你可以省省力氣，我不可能會被你騙的。」

楊獻召聽完後沉默了一會兒，然後凝視著他，「俞哲朋友，我想你也許對我有點誤會，我並沒有欺騙你任何事情。那些關於你的事情，確實是從本教的經典上看見的，如果你不相信，我可以帶你去看。」

張俞哲不以為然地哼了聲：「你要事先準備好那些東西也並不難。」

楊獻召嘆了口氣，臉上露出有些無奈的表情，但目光卻緊鎖著他，「那時，那個男人跟你說能召喚出實現願望的神靈，你是因為想實現願望，才跟他走的吧？」

他震驚地看著他，雖然對那時候的場景都已經不太記得了，但是一聽到這句話，他的腦海中就浮現出了畫面，有著那個男人模糊的臉，以及他明顯比一般人更低沉的聲音……

「你為什麼會知道這種事情？」雖然這些細節連自己都記不清楚，但是他卻有種直覺，知道楊獻召說的是對的，而這樣的資訊，是根本不可能透過調查知道的。

楊獻召將身體前傾，拉近了與他的距離，「我說過，你的一切都記錄在我教的經典上。」

那一瞬間，張俞哲覺得那雙盯著自己看的雙眼好像發出了光芒，帶著一種奇異的幽綠色，彷彿要將靈魂都吸入那對深邃的眼瞳之中般。在那樣目光的注視下，他的身體竟然無法動彈，連想要開口說話都做不到。

好在這樣的狀況並沒有持續多久，響亮的鈴聲劃破了這詭異的氛圍，放在口袋裡的手機激烈地震動起來。拜這陣鈴聲所賜，張俞哲終於能夠重新運動起身體，接起那支不斷震動的手機。

「喂？媽，怎麼了？」

只是他怎麼沒料到的是，這場通話帶來的消息，竟然一步步將這本來就十分蹊蹺的事情，推向更加詭譎的地步。

「阿哲啊，你爸得了大腸癌。」

張俞哲握著手機，默默地轉頭看向楊獻召。

＊＊＊

收到消息的張俞哲立刻買了一張車票回家，一路上他都在內心反覆思考著：爸現在還好嗎？檢查出大腸癌該怎麼辦？如果開始治療會很辛苦嗎？如果爸的病很嚴重要怎麼辦？他有辦法為他做什麼？

就在這無數的未知中，他逐漸靠近了家，最後停在了那棟熟悉的房屋前面。明明已經站在家門前了，張俞哲的手卻不能控制地顫抖著，怎麼都沒辦法把鑰匙插進門鎖內。

也許是他激動的心情傳遞給了屋內的人，也或者是因為他實在站在門口太久，就在他深吸一口氣，穩住手要一鼓作氣把鑰匙插進去時，門忽然就打開了。

出現在門口的是母親，她也被張俞哲嚇了一跳，後退了一步才摀著胸口說：「你怎麼突然跑回來了？嚇我一跳，幹麼站在門口不進來？」

「我剛剛在插鑰匙……」

「喔，那快進來吧。」

在回來的路上張俞哲預想了很多情況，卻沒想到實際的情景好像跟自己預想的不太一樣。既沒有他預想中那樣愁雲慘霧與不安的氛圍，媽的態度好像也與自己平常回家時沒有什麼不同？

這樣的落差令他有些錯亂，只能愣愣地說：「那個……爸呢？」

母親一臉奇異地看著他，「你爸在房間啊，你怎麼突然跑回家，也不通知我們去接你。」

「爸不是得癌症了？我當然要馬上回來啊！」張俞哲語氣有些激動。

聽完他的解釋，母親露出一個複雜的神情，「我是有跟你說你爸檢查出大腸癌啦，但是我不是也跟你說不嚴重嗎？」

張俞哲的聲音又高了幾度，「癌症耶？怎麼會不嚴重？」

母親揮了揮手，「不嚴重啦，醫生說發現得很早，開刀切掉就可以了。」

這時候就聽見房屋的深處傳來父親中氣十足的聲音：「是誰啊？妳一直站在門口跟誰說話？」

接著張俞哲就看見父親穿著吊嘎，踩著藍白拖，一邊抓著肚子一邊從房間裡走出來。

「咦？阿哲怎麼回來了？怎麼沒有先打電話回來？」

母親聳了聳肩，「他聽到你癌症，以為很嚴重就跑回來了啦。」

父親聽了抓抓頭，「蛤？不是有跟他說醫生說開刀就好了。啊回來就回來了，剛好等等我要跟你媽去拜王爺，你也一起來。」

張俞哲聽得一頭霧水，完全不能理解為什麼自己家人得癌症還可以這麼冷靜，而且為什麼他們突然要去拜王爺？這一切都太奇怪了吧。

不過沒有等他理解到這一切問題的答案，父親就已經從屋內移動到了門口。

「走啦，現在就過去。」

母親點頭，「我去拿供品，你先去開車。」

父親聽完轉頭對張俞哲說：「你等等坐後面，顧一下那個供品。」然後就從短褲口袋拿出車鑰匙，往那臺停在門口的車走去。

張俞哲這時候終於再度抓住了那些紛亂漂浮在腦袋中的思緒，「等一下，得癌症真的可以開刀就好嗎？不用化療很久之類的嗎？」

父親打開了車門，對張俞哲比了一個上車的手勢，「沒有這麼嚴重啦，因為發現得早，癌細胞還沒有擴散出去，只要開刀把那邊弄掉就好了。」

張俞哲只能似懂非懂地點點頭，由於他所有資訊都是從電視劇上瞭解，也沒有聽到醫生現場是怎麼說的，所以即便他心中對這件事情還是充滿了困惑，卻只能乖乖地坐到了後座，沒有再說些什麼。

沒多久母親將一堆塑膠袋交給了他，然後坐到了前座。

「等等記得還要去找廟公，捐香油錢，你錢有帶夠嗎？」母親一面繫好安全帶，一面這麼說。

父親點頭，將車開離了家門口，「有啦，我都包好了。這次多虧了王爺提醒，才逃過一劫。」

張俞哲越聽越奇怪，忍不住問：「你們在說什麼啊？」

母親從前座轉過頭來看他，「就是那天你不是打電話回家，我跟你阿爸討論過後覺得心裡怪怪的，很不安的感覺，就想說跟王爺求個籤。」

「然後呢？」張俞哲追問。

「然後王爺就指示你爸要去健康檢查，結果就查出那個東西。醫生也說還好我們發現得早，真的是王爺有保佑。」

聽他們這樣說，張俞哲不禁又想起了最初告誡自己「會失去重要的人」的楊獻召，他到底是怎麼知道這些事情的？難道這一切都是巧合嗎？還是其實楊獻召說的是真的，他真的擁有某種未知的能力？

他腦海中亂糟糟地充斥著這些疑惑，即使他不斷告訴自己這一切都是巧合，是騙術，但是他還是無法抵抗自內心湧上的，一陣陣恐慌的感覺。

「……有沒有可能，其實楊獻召說的是真的？」過大的震驚，令張俞哲忍不住將自己一直思考的問題說了出來。

雖然他的聲音並不大，但是前座的父母仍然聽見了，他們原來輕鬆的神情都在瞬間暗了起來。

「你是說那個詐騙集團喔？」父親一面開車一面說。

張俞哲這時才意識到自己把心裡思考的東西說出來了，於是他索性就將他的懷疑說了出來。

「爸你不覺得很奇怪嗎？最先提醒我的，是那個自稱是奉神教的人。」

他從後照鏡中看見父親皺起的眉頭，感覺他似乎想說些什麼，但硬是沉默了片刻，才做出回應。

「你說那個男人叫什麼名字？」

「楊獻召，他自稱是教派的召集人。」

父親點點頭，「雖然確實是因為你跟我說了這件事情，才發生後續的事件。不過我跟你媽之所以去拜王爺，其實是不放心你。」

張俞哲訝異地提高了音調，「我？」

「對啦……因為你小時候那件事情，我跟你爸覺得這個人實在很可疑，說不定是那個嫌犯的同夥，畢竟那個事情後來也沒有找到一個出來負責的人……」母親的聲音聽起來也有著憂愁的味道，好似這件事情也在她的心中煩惱了許久。

而隨著他們說的話，張俞哲覺得自己腦中好像浮現了越來越清晰的畫面。那影像有著一種熟悉又陌生的感覺，好像自己最近才在那裡看見過景象，又或者曾經無數次的回放，又遺忘。

他的身體似乎跟著畫面中落下的雨滴一起冷了起來，就連水滴打在肌膚上的觸感都一點點地重現……他下意識地環抱著自己，希望能藉由這個動作帶來一些安慰與溫暖的效果。

坐在前座的母親也注意到張俞哲的不對勁，趕緊放緩了語氣補充說：「不過也不一定啦，那天我跟你爸也有去問王爺這件事情，王爺只叫我們多留心。」

父親贊同地附和：「對啦，王爺說只要你自己多注意，心態端正，就不會有什麼事情。」

雖然父母這麼說，但這些答案卻仍不足以打消他的不安，他還是有些猶豫地說：「可是這些鬼神的東西……可靠嗎？」

一聽他這麼說，本來口氣都十分緩和的兩人頓時都皺起眉頭，最後由父親代表發言。

「你不要不相信王爺，當初你被人拐走，我們還是去問王爺才找到你的。」

他有些懷疑地看著父親反射在後照鏡中的神情，「真的假的？不是警察調監視器找到我的嗎？」

父親從鼻間噴出一聲冷哼，「要是靠警察，你現在搞不好都回不來了。那個廢墟沒有監視器，警察根本都不知道有那樣的地方。」

「那我是怎麼被找到的？」張俞哲疑惑地說。

「不是跟你說了是王爺顯靈。那時候祂透過乩童跟我們說，你在一個沒有人能到的地方，那個地方離家很近又很遠，要除去一些阻礙，才能夠到達。」

張俞哲聽完翻了個白眼，有些不屑地說：「這個提示太模糊了吧？這種地方一大堆吧？」

「這就是你不懂。王爺不光是這樣說而已，他還顯靈指引出你在的地方。」母親說。

「怎麼顯靈？」

「那時候我跟你爸很著急，在路上四處找。找到一個長滿姑婆芋的荒地時，突然聽到草叢裡面傳出一種奇怪的鳥叫聲，那個聲音我從來沒有聽過，又很響亮，這時候我心裡閃過一個感覺：『人會不會在這裡？』然後那片姑婆芋的葉子就微微晃了晃，這是王爺在給我指示啦。」

「風吹的吧？」張俞哲接話。

「那時候沒有風啦，我記得很清楚。」母親從後照鏡中瞪了他一眼。

張俞哲雖然不太相信他們說的這些東西，但確實有些東西是他目前無法解釋的。無論是本該只有他與犯人知曉的細節被楊獻召說出來，還是父親真的檢查出癌症的事情。

這些事情如果要通通以巧合來解釋，實在太過牽強。直到這時候張俞哲才終於認真在心中思考起，這個世界上會不會真的有某種神祕力量存在呢？

就在他陷入深思時，本來穩定行駛的汽車一個轉彎，停在了路邊，前座的父親解開安全帶，轉頭對著他說。

「到了，幫你媽把供品拿進去。」

張俞哲看向窗外，才發現他們已經到達王爺廟了。

＊　＊　＊

站在廟前的廣場上，對映著那座高聳氣派的廟宇，張俞哲深深地感覺到自己的渺小。

金紅雕花的屋簷與廟前栩栩如生的龍柱，彰顯出威嚴與氣勢，在龍柱旁還插著一面令旗，雖然張俞哲不明白那是做什麼用的，不過光是看到這個場面，他就不禁心生敬畏。

自從離家讀書後，他就幾乎沒有再去過任何一間廟宇參拜。而且不知道是從什麼時候開始，他對這民俗信仰的東西產生一種隱約的排斥，倒不是真的完全不能接觸，只是如果沒有事情，他是絕對不會靠近的。

他拎著供品跟在母親身後，踏入這個自小就見慣了，從未改變過的廟宇。

今天他終於明白為什麼父母這麼信仰王爺了，雖然他還是不太相信這個世界上會有這麼玄妙的事情，不過聽聞這樣的經過，仍不免讓他對這一切稍稍有些改觀。

「你把那些水果洗一洗，我去拿香。」母親說著，就跟父親一同向著一旁走去。

他一個人提著那袋水果朝洗手臺走，然而才到剛到定位，一道男聲就從後面傳來。

「年輕人，你要小心。」

張俞哲奇怪地轉過頭去，見到的是一個眉目間充滿英氣，留著長鬚，穿著寬鬆長袍的男人。

「你叫我？」他打量著這個造型怪異的人，從沒見過有人鬍子這麼長的，都到胸口了，也不知道是真的還是假的。難道廟裡正在舉辦什麼活動，他是工作人員？

不過那人卻似乎並不在意他打量的目光，只是用著那對炯炯有神的雙眼盯著他，「年輕人，不該是你的東西，不要去接。」

「蛤？什麼東西？」他不解地看著他，心中暗叫不妙，不會是遇到瘋子了吧？

「如若你能平安度過此劫，那也是為眾生累積一份善因，令果報不再輪迴。」

眼看這個人不僅打扮奇怪，連說話都怪到根本聽不懂，張俞哲當下決定拿了水果先跑再說，免得等等自己又被纏上。

「那個……我還有事情，不好意思喔。」

他提水果一面走還一面回頭，注意那個怪人有沒有跟來。不過說也奇怪，當他第二次回頭時，那個人就已經不在了，也不知道他是什麼時候離開的。

「不是叫你去洗水果，怎麼跑到這來？」

拿好香的母親也正好在此時來到他身邊，一臉奇怪地看著他。

「我剛碰到怪人。」

他正想將自己剛剛遇到的事情說出來，母親卻只是推了推他的肩膀。

「一點禮貌都沒有。在這邊走來走去的，也沒有跟王爺問好，你水果給我，先拜拜啦。」

母親說著將手上的香拿給他，也不等他反應，就推著他移動。他們將廟裡的神明都拜完一圈，回來看見父親站在放著水果的椅子旁邊，正跟一個男人說話。

「怎麼先拜了沒有等我？」父親與男人的交談暫停，轉頭對著他們說。

卻沒料到那個本來跟父親說話的男人不知道什麼時候靠到他身邊，睜大了眼睛觀察著他，「這阿哲喔？很久沒看到你耶。」

男人接著又說：「不過你印堂黯淡，雙目發紅，看起來不太好耶。」

張俞哲雖然覺得對方的行為有些突兀，仍禮貌性地說：「沒啦，我最近沒睡好。」

那個人搖搖頭，伸手抹了一把他的額間，「你這個不是沒睡好，聽我一句勸，最近要多小心。」

被他這麼一說，父親連忙追問：「是怎麼樣？有什麼問題嗎？」

「我給你們一張淨符，回家取一盆陽水，點火燒化放進水裡，用那個水擦身體。」

聽見他這樣說，父親連連點頭，「這樣最好了，我這個孩子好不容易才找回來，不求他長大有什麼出息，只要平安就好。」

那人十分贊同地點頭，一面轉身一面說：「再給你一個平安符，等等一起拿去過香爐就好。」

張俞哲趁著那人去拿符的空檔，拉過父親悄悄說：「他是誰呀？」

「這間廟的廟祝啦，你對他要禮貌一點，他在這邊服務很多年了，人很熱心。」

他懵懵懂懂地點頭，沒多久就看到母親已經洗乾淨水果，將它們整齊地擺放在神桌上，而那個廟祝也在此時拿著一張符與一個紅色的東西回來。

「這一張是淨符，這個是護身符，你要隨身攜帶才可以保平安。這兩個你拿去那邊的爐上繞三圈。」

「謝謝。」

張俞哲照著廟祝的指點，走到正殿將護身符在香爐上繞了三圈，再折回來時，就聽到他們在說。

「你說的那個宗教我沒有聽過耶，每年都有這種新成立的小宗教、小團體，通常都是騙人的啦，沒什麼神通。」廟祝說。

父親聽完臉上的表情稍微安心了些，但仍是說：「這樣感覺也不太好，萬一被什麼奇怪的人纏上……」

「這個不用擔心啦，阿哲看起來很聰明，他可以自己解決啦。」他說著看向站在旁邊的張俞哲。

他尷尬地笑了笑，不太懂這個才剛跟自己認識的人為什麼會對他這麼有信心。好在這個尷尬的氛圍並沒有持續多久，閒聊幾句後，他們就離開廟宇回家了。

第三章

從廟裡回來後在父母強烈的要求下，張俞哲將從廟裡求到的淨符用掉了。他本人並沒有感覺到任何明顯的改變，但他父母倒是明顯安心不少。

雖然父親已經表示過自己的大腸癌只是初期，但是張俞哲還是覺得自己應該要再更瞭解一些，於是晚餐過後與父親一起坐在沙發上看著無聊的電視節目時，他抓緊了廣告的空檔又問。

「爸，你那個癌症之後要怎麼治療？」

父親拿起茶桌上的報紙攤開，一面剪著腳趾甲一面說：「跟醫生約下個月開刀啦，說很簡單只要切掉就好了，沒什麼問題幾天就可以回家啦，你不用擔心。」

他點頭，又問：「那有決定好時間了嗎？我回來陪你。」

父親抬起頭來看了他一眼，「不用啦，你就好好做自己的事情就好，你媽陪我去就好。」

張俞哲喔了一聲，正思考著自己應該再說些什麼時，卻聽見父親又說：「你先不要煩惱我，我剛剛仔細想了一下，那個叫做楊獻召的人確實很奇怪。」

他向父親湊近了些，不自覺地壓低了聲音說：「你也這樣覺得喔？」

父親點頭，「也許我們也可以調查他。」

「要怎麼查？」

父親朝他露出一個高深莫測的笑容，「明天你就知道了。」

於是乎，抱持著這個疑惑一直到入睡的張俞哲，隔天一大早就被父親從床上挖了起來。

「趕快起來！我們要出門了！」

他還搞不清楚發生了什麼事情，就被一陣暴風般的速度丟到了浴室刷牙洗臉，再出來時又立刻被父親丟上了車，任由對方油門一踩，車子就遠遠開了出去，瞬間離開家的範圍。

車子在道路上開了一陣子，這時候張俞哲才終於從迷糊的狀態甦醒，問出了今日第一個問題。

「爸，我們要去哪？」

「回老家啦。」父親的口氣雖然聽來很輕鬆，但從後照鏡中卻能看見他的表情帶著一點不自然的僵硬，眉宇也皺了起來。

「為什麼要回老家？」

「昨天不是說那個人很奇怪？我想過了啦，如果他真的去調查過『那件事情』，肯定會留下痕跡，我們只要回老家問問看就知道了。」

張俞哲想了想，點頭：「如果我們問不到呢？」

這個回答令父親沉默了一秒，然後才說：「如果問不到……要嘛是他打聽的對象我們不認識，要不然就是……他跟那時候的男人就是一夥的。」

雖然先前張俞哲跟父親說起楊獻召時，他就隱約感覺父親好像在懷疑這件事情，但是他並沒有深入思考過其中的關聯。可如今發生了這麼多事情，先是父親真如楊獻召所說罹患了癌症，然後他又透露出本該只有他與那個綁架自己的男人才知道的細節，他反而覺得楊獻召不太可能與男人是同夥。

他低下頭認真思考了一會兒，才接話，「如果他真的跟那時候綁架我的男人是一夥的，那他為什麼又要來接近我？不會怕暴露自己的身分嗎？」

父親的聲音高了起來，「他肯定有什麼目的。」

「可是他如果真的有目的，不是越不應該透露出自己可能跟案件有關，這樣我們才會放鬆戒備，他才能成功吧？」張俞哲回。

也許是這個說法成功說服了父親，抑或許是現階段的一切推論都並不重要，父親並沒有回應他的這個問題，而是繼續默默地開著車，看來是並沒有因為這番討論打消他要去老家一探究竟的計畫。

兩人在行進的路途中吃過早飯，沒多久就到達了目的地。

一排老舊的透天厝出現在他們眼前，有幾間看起來似乎已經沒人居住，信箱中塞滿了廣告傳單。

環顧四周，張俞哲露出迷茫的表情。睽違了十多年後，他終於又回到這個地方。然而這裡的一切都非常陌生，幾乎沒在他的記憶中留下任何痕跡，甚至連自己以前住在哪一戶都沒有印象。

張俞哲的反應被父親看在眼裡，他只是淡淡地說了句：「你那時候受到很大的驚嚇，回家之後都不太講話。我跟你媽想說讓你換個環境，就搬家了，後來你才慢慢恢復正常。」

他照父親說的內容努力回想，不過父親說的那些東西都不太記得了。他猛然發現自己關於那段時間的記憶很片段，比如說他記不得男人的樣子，只記得有人帶走自己，他不記得自己被帶走後發生了什麼事情，只知道那是一件很恐怖的事情……還有一些很破碎的畫面。

父親解釋完，轉頭有些憂慮地看著他，「現在應該沒問題了吧？」

他搖頭，「我根本不記得了，不過看到場景說不定會想起什麼，也許會有幫助。」

父親點點頭，沒多說什麼，指著其中一間看來沒有人居住的房屋。

「這棟就是我們之前住的地方，你有印象嗎？」

張俞哲仔細打量這棟房子，房子的屋頂有加蓋的鐵皮遮雨棚，窗戶上也都加裝了鐵窗。

隨著時間過去，久未維修的金屬都鏽蝕了，透出深紅色的鏽斑。

雖然他看得很仔細，卻沒有在腦海中想起任何相關的畫面。

「沒印象。」

父親聳聳肩，似乎本來也不對他的記憶力抱有期望，只說：「你那時候才九歲，本來也記不清太多事情。」說完，就離開了這棟本來應該是他們家的房子，往隔壁棟走去。

張俞哲跟在他後面，看著他按下了隔壁的門鈴，出來開門的是一個矮胖的中年男人。

「嗳，你不是隔壁那個……好久不見耶，你怎麼回來了？你們要搬回來住喔？」那個男人起先是一副驚訝的表情，接著就變成了期待的樣子。

父親搖搖頭，「沒有啦，我們現在住得很習慣，沒有要搬回來。是有件事情想問你，因為你是這邊的鄰長嘛，應該比較清楚……」

接著他就聽見父親將自己跟他說過的那些事情簡單地跟男人說。男人聽完若有所思地沉吟一陣，用著有些不確定的口吻說。

「我是沒有聽說這一陣子有人在這附近打聽這件事情啦……最近很多人從這裡搬走，其實一般來說也都沒什麼陌生面孔出現，還是我再幫你跟其他人問問看？」

父親點頭，用著十分誠懇的語調說：「那就麻煩你了，有什麼結果再跟我說。」

那人點頭，「沒問題，明天我去找里長看看。他這附近的人都認識，一定能有個結果。」

兩人的話說完，就看見父親轉身，又朝著車子的方向走去。張俞哲心想難道這樣就結束了？他們開了這麼遠的車，就為了問這一句話，跟帶他來老家看一看那棟現在已經沒人住的房子嗎？

不過隨即他就發現父親雖然朝車子的方向移動，卻並不是要回去開車。父親的腳步經過了車子卻並沒有停下，而是拐入另一條巷子，朝著馬路走去。

張俞哲跟在父親身後，忍不住好奇地問：「現在是要去哪裡？」

「你注意看這附近你有沒有印象。」父親並不回答這個問題，而是要他多注意四周的景物。

不過他左看右看，卻仍不知道父親究竟要帶自己去哪裡。他們穿越了馬路，又路過了一所國小，寬闊的道路逐漸變得狹窄，再拐入一條小路後，四周的景色就陡然一變……

路的兩旁只剩下無數叢生的草木，再也沒有出現半戶人家，甚至連路上都看不到有行人或是車子。

原本一直沒什麼感覺的張俞哲拐進小路後，卻突然感覺到自己的身體冷了起來。後頸好像正被著一隻無形又冰冷的手抓住，渾身的肌肉都不自覺地緊繃起來。

「這裡是哪裡？」他忍不住又問了一次。

這次父親在路旁停下了腳步，轉過頭看著他，「這裡就是當時你被那個人拐走後，走過的路。你是不是有印象了？」

他這麼一說完，一直對這裡很陌生的張俞哲，腦海中突然浮現出很多不連貫的畫面，有滴著水的樹梢，屹立在長草盡頭處荒廢的屋舍，以及那微微擺動的、鮮綠色的巨大葉片……

張俞哲用力地眨了眨眼睛，那些景象才終於從眼前消退，但是他的身上還殘留著那時候空氣潮溼沉重的感覺。他深深地吸了口氣，希望能讓自己激動的情緒平靜下來。

一旁的父親看見他的反應，立刻關心地問：「怎麼了？你哪裡不舒服？還是我們先回家？」

雖然他確實是因為那些湧上來的情緒而臉色發白，不過他還是堅定地搖頭，「既然都來了，我們就進去看一下。」他想要知道自己遺忘的過去，究竟發生過什麼事情。

父親沉默了一會兒，等他看起來好了一些後，才走向路旁那處與記憶重疊的地方，將暗綠色的葉片撥開，露出那條已許久未有人造訪，逐漸失去痕跡的路跡。

「那時候我跟你媽就是沿著這條路進去，發現了你。」父親走在前方開路，踏平這些隨時間逐漸侵蝕道路的草木，同時撥開一旁大樹伸展的枝葉，斷斷續續地說。

「因為這一帶沒有監視器，警察根本沒有發現你被帶來了這裡。如果不是王爺顯靈保佑，我們都不知道還要多久才能找到你……會不會找到你的時候……」父親的話就停在這裡，沒有再繼續下去了。

張俞哲明白他的意思，所以即使此刻他的腦袋中充斥著各種奇異的聲音與畫面，他還是拍了拍父親的背，安慰地說：「我最後還是回家啦。」

父親的腳步僅僅因為這樣暫停了一會兒，然後又繼續向前走。他們一路走在這條荒廢已久的小徑上，許多地方已經因為野草蔓延而難以辨認出前路，必須靠著記憶才不至於走錯。

一直在其中穿梭的張俞哲有種感覺，就好像這條路通往的並不是某個地方，而是自己年幼的那段時光。彷彿走到道路盡頭，他就能夠一窺從前那段自己失去的記憶。

「爸，你找到我的時候到底發生了什麼情況。」張俞哲問，他想到再過一陣子就要親眼看見那個地方，忍不住想要多瞭解一些當年的事情。

兩人一面說話一面前進，父親的聲音悠悠自前方飄來，「我跟你媽進到屋子裡時，發現那個男人已經死在入口的地方。我們找了一陣子，才在樹後面的角落找到你。」

張俞哲也只隱約聽說，男人後來畏罪自殺了，卻不知道當時的情況竟然是這樣。如果當時警察根本還沒有找到他們，男人的死真的可以說是畏罪自殺嗎？他心中升起一股深深的疑惑。

他一邊思索著，兩人的腳步很快就來到了小徑的深處。他隱約看見盡頭有一棟被草叢覆蓋的房子，從這裡看去能夠見到它破損的牆面，以及那個開了洞的屋頂，從洞中長出一片翠綠的樹冠，應該是榕樹之類的植物落在廢墟中發芽，然後又從破洞處長了出來。

父親的聲音也隨著越來越靠近的房屋，逐漸變得朦朧。

「我們找到你的時候，你全身都是血，誰叫你都沒有反應。我們還以為你怎麼了，後來你才漸漸願意開口說話……」他停頓了一會兒，才繼續說：「這件事情也因為這樣，後來只以那個男人為主謀結案，但是我一直覺得事情沒有這麼簡單。他綁架你的動機，究竟是什麼？」

此時，廢墟的大門出現在他們面前。撥開了那些遮擋住入口的長草，才觸碰到破損的門板，就匡噹一聲掉落，直接露出屋內的格局。

那一棵粗壯糾結的樹幹出現在張俞哲眼前的瞬間，他突然覺得腦袋劇烈地疼痛起來，無數的畫面急促地閃過他的眼前。畫面中有那棵樹，破敗的牆壁，灰暗的地板……以及那個男人的臉。

「啊……啊……啊……」他感覺到那張臉的影像與自己越來越近，凹陷的眼窩以及蒼白肌膚無限地放大，最後那張染血的臉整個貼上了他的臉，緊緊沾附著，彷彿與他成為了一體。

一陣恐懼瞬間擄獲了他，他無法控制地蹲下身子，用兩隻手摀住自己的臉，重重地喘著氣。

「阿哲！你怎麼了？」

張俞哲似乎聽見了父親的聲音，又好像沒有。重疊的聲音響徹在他耳畔，他的視線已經完全被那張臉孔的視線占據，只能見到無數的黑影朝他襲來。那一個個的影子扭曲成各種形狀，從他們漆黑的面孔上浮現出眼鼻口的光點，然後逐漸裂開，向臉的四周延伸，成為一張張痛苦殘破的臉龐。他感覺那些黑影都企圖抓住自己，將自己拖入他們集結而成的黑海中，也將那些具現的痛苦感染他，令那些尖銳的叫聲淹沒自己的耳膜。

尖叫聲隨著黑影的擺動，如波浪般一股股地衝向自己，他幾乎無法在那樣洶湧而來的黑影中站穩腳步……他終於再也撐不住而倒下，那些纏繞住他的黑影很快便將他淹沒，墜入了一片漆黑的世界……在那裡，他唯一能見到的，只有那對閃著光的眼睛。

眼睛一眨不眨地看著自己，隨後從漆黑的眼眶中緩緩流淌出淚水，淚液又逐漸變成鮮豔的紅色。

「你願意……完成我的……願望嗎……」

他聽見祂這麼說，隨即一切聲音與畫面都暗下了。

只剩下自己怦怦的心跳聲，一聲大過一聲，彷彿安慰著他，他仍存在於這個世界上，並沒有被那一片虛無的洪流所吞噬。

＊　＊　＊

張俞哲再睜開眼睛時，發現自己正躺在家裡的房間裡。這間屋子一直保留著他搬出去住前的模樣，即便自己許久沒有回來住，屋內也沒有積多少灰塵，自己躺著的被褥也能夠聞到一股洗潔精的香味。

他放輕了手腳從床上起身，打開房門就看見客廳的燈還亮著，母親跟父親正坐在沙發上，似乎在說著些什麼。

坐在對面的母親最先看見他，很快從沙發上起身來到他身邊，擔心地問：「有沒有怎麼樣？你爸說你在路上昏倒。」

他搖頭，此刻身體已經沒有半點不舒服的感覺。如今回想起早上的經歷，就像是場夢一樣，那樣不真實的感受以及影像，他甚至真的懷疑那一切都只是一場夢，也許自己根本沒有跟父親回去過老家？

環抱著這個疑問，他正想出聲詢問，就聽見坐在沙發上背對著他的父親先一步說。

「你還是先回去上課好了，我的事情你不要擔心。你媽會照顧我，你照顧好自己就好了。」

他聽到後下意識轉頭去看母親，就見她點頭附和：「你爸說得對，家裡也沒什麼事情了，還是先把自己的事情顧好比較重要。」

張俞哲有些茫然，不明白為什麼自己一醒來事情就變這樣了，不過他還是掙扎地說：「爸說要回去調查看看，我們還沒有查出結果。」

父親終於也從沙發站起，轉過身看著他，「那個事情就這樣，不要再提了。你只要注意不要接近奇怪的人就好。」

「為什麼？我感覺好像要想起什麼了，如果能再回去一次，我搞不好就想起來了。」

出乎預料的，父親卻搖搖頭，「不用了。我剛剛也跟你媽討論過了，也許是我太敏感了，事情都已經過去了。」

張俞哲有些錯愕地看著他們。雖然自己一開始就並不認為楊獻召會跟以前的事情有什麼牽連，不過經歷過早上那樣奇特的感覺後，他也升起了想要找回記憶的好奇心，只是沒料到父親這麼容易就放棄了。

他沉默了幾秒思考，然後才說：「爸，我也想要知道那時候到底發生了什麼事情，我想找回那段記憶。」

但父親仍是搖頭，「你找回那段記憶又怎麼樣？我剛剛也想開了，也許你會忘記那件事情，就是為了保護自己，既然這樣就不要逼自己回想了。」

張俞哲還想說些什麼，卻被父親擺了擺手阻止，「別說了，聽我的話，你今天就買車票回去吧。」

母親也贊同地說：「就這樣啦，我陪你去坐客運，你東西拿一拿，我們就出發了。」

他來回看了一眼父親與母親，見他們臉上的態度都是一樣的堅定，自覺這個事情大概沒什麼轉圜餘地了，只好乖乖拿上自己的隨身物品，在父親的監督下，坐上了母親的機車。

一路上他聽見母親說父親對自己今天在廢墟裡面昏倒有多內疚，又有多後悔，並且因為這件事情她又怎麼責備父親。最後總結是之前的綁架案都已經過去十多年了，即使那個楊獻召有些奇怪，也不太可能跟當時的男人是同夥，要他小心就好。

在這不間斷的碎念下，他們總算到達客運站。張俞哲買好票後與母親一起坐在椅子上，也就是這一個短暫的片刻，母親沒有繼續說話，張俞哲終於得以發言。

「我聽爸說找到我的時候男人已經死了，所以他一開始誘拐我的目的到底是什麼？」

母親搖頭，「這就是你爸耿耿於懷的原因啦，不知道他到底為什麼要帶你去那種地方，又想要做什麼，他很怕你再發生什麼事。」語句稍歇了一會兒，她又繼續說：「但是我覺得這些都不要緊，你長這麼大了，很多事情也有自己的想法，是應該放手讓你自己去判斷啦。我們做父母的，就只能做這麼多了，你的人生，要靠自己啦。」

聽完母親的這一番話，張俞哲才驚覺原來當初的事件並不只對他造成了很深的恐懼，在爸媽的心中也有著無法抹滅的陰影。突然間，他感覺自己好像能夠理解他們的心情了。

他有些歉疚地低下頭，「我會照顧好自己，不會再讓你們這麼擔心。」母親聽完拍了拍他的肩膀，「這樣就好，我們沒什麼要求啦，只希望你平安健康。」

正說著，張俞哲要搭的客運進站了，他與母親告別後上車，選了個靠窗的位子坐下。他腦中計畫著回去後自己要更努力些，絕對要畢業，並且找一份待遇好的工作，以免父母擔心。

客運就在他懷抱著的諸多期望之中，緩緩地動了起來，開上那條昏暗的高速公路。

＊＊＊

坐在靠窗的位置，張俞哲朝著那一片漆黑的窗外望去。

夜間的高速公路景色單調，唯一變化的只有客運快速通過時，那一盞盞路燈留下的模糊影子，淡橘色的光芒還來不及透過窗戶照進車內，隨即就消逝。

昏暗的車內多數乘客都十分安靜，他們像是十分疲累了，每一個人的臉上都掛滿了呆滯的僵硬，更有許多人拉下椅背，發出熟睡的鼾聲。

張俞哲覺得今天這臺客運上的人好像特別不一樣。以他多次搭客運往返的經驗，夜班車上確實會有比較多人睡覺，但也是有不少人會滑手機，或者看客運提供的電影。

然而這臺客運的每個人幾乎都像是不會動的人偶。他們不是睡得跟死豬一樣，就是雙眼直盯著前方或窗外，一動不動地坐在那，看樣子像是在發呆。

一眼掃過去，他幾乎找不到這輛車上有任何一個人動作是不一樣的。這實在太奇怪了。他從來沒有遇過如此有默契的一群乘客。

然而，奇怪的事情卻不止於此。就在他靠著最前方螢幕發出的亮光，觀察這些乘客的時候，那幾個懸掛在車頂的螢幕卻忽然暗下了，令整輛客運頓時陷入一片漆黑中。

照理來說，發生這麼不尋常的事情，那些還醒著的乘客應該會有所反應，但是他看了看與自己相隔一個走道的對面，那人不僅仍看著窗外，甚至連坐姿都沒完全沒有變化過。

因應這個突發狀況，司機開啟了廣播：「感謝您搭乘本車次，因車廂內供電故障，暫時關閉所有設備，如有不便處，敬請見諒。」

像是為了印證這番話，張俞哲將手機充電線插入座椅旁附設的充電孔，果然手機並沒有顯示出充電的標示。再仔細一看，他赫然發現自己的手機現在正處於收不到訊號的狀態。

這就更奇怪了。

雖然上高速公路後訊號確實會變差，但是一格都沒有的狀況，他今天還是第一次遇到。

先前自己回家時客運走的也是這條路，那時候最差的路段都還有兩格，難道是自己回家這段期間高速公路的基地臺被拆了，所以才會這樣？但是誰會去拆高速公路旁的基地臺？他百思不得其解。

然而，緊接著發生的事情，卻令張俞哲不知道該不該繼續用奇怪或者反常來形容。

不只是車廂內部沒有半點燈光，連高速公路上亮起的路燈及告示燈號都通通消失了。如果說剛剛的車內是漆黑，那現在的程度簡直可以用黑得彷彿什麼都不存在的狀態來形容。

可即使如此，這些乘客中依然沒有半個人說話，那些細微的鼾聲也依舊持續著。

張俞哲想要去駕駛座問問司機現在到底是什麼情況，但一片黑的車廂卻令他一步都跨不出去。

被剝奪了視覺後，其他感官就敏銳了起來。他很快發現車內響起的不只有鼾聲，還有很多道細微的、像是雜訊又像是兩個人在對話的聲音。

他起先以為應該是終於有人受不了這個情況說話了。可是仔細聆聽了一陣子，卻發現好像並不是這樣。

那聲音不僅夾雜著很重的電子雜訊聲，同時一次次重複的聲音好像都是同樣的，並不像是有來有往的兩個人交談的聲音。

而依舊半點光線都沒有的車內也讓他確認了，這聽不清楚的聲音並不是誰使用手機發出來的。

那這到底是什麼聲音？所有可能性都被排除後，浮現在張俞哲心中唯一的疑問就只有這個。

這麼多奇怪的事情令他再也坐不住了，他伸手觸摸著前面的椅背，企圖摸黑前往駕駛室的位置。

他扶著一個又一個椅背，摸索著慢慢向前。他覺得自己已經走了半條走道，駕駛座應該就在前方。但又走了一分鐘，卻仍然沒有感覺到任何可以下切的樓梯，也沒有看到駕駛室發出的光。

因為電源故障切掉那些用來服務旅客的裝置，他可以理解，但是總不可能連駕駛的儀表板燈都不亮吧？先前他坐在靠後的位置看不見駕駛座的燈光，如今已經走了這麼長一段路，怎麼還是看不見呢？

一個個疑問在他心中不斷堆疊增加，他終於再顧不得自己的行為是否過於突兀，站在走道上放聲問。

「請問，有人知道現在是發生什麼事情了嗎？」

與他的問句同時，刺耳的煞車聲劃破了一直持續的寂靜。原本平穩行駛的客運也在瞬間搖晃起來，將沒有安全帶固定的他甩得天旋地轉。

張俞哲還來不及理解究竟發生了什麼事情，身體就不受控制地飛了出去，剎那的眼角餘光中，他似乎看見了自己一直尋找的駕駛室及司機。只是那短暫的一秒裡，他並沒有看清楚應該端正地坐在位子上的司機，是以什麼樣的姿態駕駛著客運。

他感覺自己的身體撞擊到了某個堅硬之物，先前聽到的奇異聲響在這一刻突然轉大，令他聽清了那究竟是什麼聲音。

那是人們的呼喊，以哀號的聲調重複地念誦：「證我神明道，盡拋無用身，明悟現神通，與神共和生。」

隨著聲音逐漸放大，接著在一聲尖銳的碰撞聲後……

整個世界亮了起來。

他發現自己不知為何趴在了黑暗的高速公路上，客運車頭的燈發出昏暗的光芒，照亮著自己，以及那一地破碎的玻璃。

張俞哲疑惑地自地上爬起，順著那些玻璃的碎片向前看，終於發現那臺翻覆在自己面前，同樣破碎的客運。

自己剛剛還想要前往的駕駛室因為翻覆顯得一片凌亂，車頭破裂的擋風玻璃碎片插滿駕駛的身軀。他面朝下趴在方向盤上，隱約能見到血順著傷口流出，染紅了司機身上的衣物。

張俞哲腦海一片混亂，無法理解剛剛那一瞬間究竟發生什麼事情了。

他試圖接近那臺橫躺在路中央的巴士，查看是否還有與自己一樣的乘客。然而他才剛向前走了一步，剛剛出現在車內的那些奇異聲響就激烈地響了起來。

在那之中，他聽見了一聲無比清晰的話：「快逃。」

分不清聲音究竟是來自車內，還是自己的腦海，又或者其他地方。身體比意識更快地聽從那聲音，向著道路的另一端狂奔。

風從自己身後吹來，氣流很快超越了他，持續向著筆直的道路前進。空無一人的路面上逐漸出現了其他的燈光，人們圍成了一群，站在那向自己的後方觀望。

直到見到了人群，他才鼓起勇氣回過頭。

剛剛自己還站著的地方，那輛翻覆在路面的巴士已經成為一團火海。火焰熊熊燃燒，像是要燒穿天空那樣，不僅照亮了周圍，也引來了其他人的注目。

警消很快趕來，熊熊大火就像是曇花一現般，沒燒多久就熄滅，只剩下面目全非的車體，仍然躺在那裡。

趴在方向盤上的司機已經化成黑色，整個身體也蜷曲起來，深黑色的身體與因為高熱而燒熔的方向盤融為一體，深深鑲入了車體之中，即使後來進入的消防員都無法將其分開，只能切割下車體與遺體相連的部分，一起帶出。

那悽慘的模樣，幾乎已經看不出屬於人的形貌。

警消從車上搬運下各種姿態與殘缺的肢體擺放在路面，做為現場唯一的倖存者，他無法想像如果自己沒有離開位子被甩出車廂，如果自己沒有在爆炸起火前快跑……他是不是就會成為這些身體的其中之一？

張俞哲忍不住打了一個寒顫，慌亂的目光朝著燈火最明亮且集中的地方望去。

就在那些人群中，他看見了一道熟悉的影子。

「願神能夠預知即將發生的事情，世界遵從著他的意志在轉動，他是不滅的存在。」

張俞哲看著男人開闔的嘴唇，雖然沒有聽到他發出的聲音，卻能明白他所說的話。

霎時，他曾經說過的那些預言，以及那些不可思議的事情，一幕幕地浮上他的腦海。幼年的自己遇到那個男人、那天自己隨口一說的咒罵，以及剛剛死裡逃生前聽到的那些聲音……

男人站在被光所照亮的地方，他的臉上帶著一抹和藹的微笑，一如他每一次與他說話時那樣。漆黑的雙眼如同無光的洞穴，竟然比這片籠罩著他的黑夜更加黑暗。

「你就是願神的轉世。」

這一瞬間，張俞哲突然理解了許多事情，關於他的未來，以及那些無法用科學解釋的事情，與總是盤旋在腦海中零碎的畫面……

他想起了自己那天去到那個廢墟，真正的目的，就是為了完成願望，完成一個在他心底期盼已久的願望。

……他想成為一個獨特的人，比任何人都閃耀，也比任何人都不可取代。

他心中的所有懷疑、害怕、迷惘都散去。

再不懷疑楊獻召說的，那些聽來荒謬且無稽的談話。

他就是願神，願神就是他。

第四章

這個世界上確實有很多事情是無法用科學來解釋的。比如運氣、人緣、鬼魂……以及神蹟。

奉神教信仰的神祇為「願神」，顧名思義就是幫人實現所有心願的神。祂曾經無數次在人間展現神蹟，完成信徒的心願。

然而存在的形體終有一天會消亡，於是願神為了拯救人們的苦難，不得已不斷地輪迴，每一次轉世前，祂都會留下尋找自己的線索。

楊獻召一面解釋著，一面將手中拿著的那本封面繪製精美、看來有些厚重的硬皮書遞給了張俞哲。

「更多奉神教的歷史與教義都寫在我們的經典裡，只要你看完它，就一定可以明白。」

那場巴士翻覆的意外後，張俞哲被楊獻召帶來了奉神教的教會。地點確實離他住的地方不遠，只是有些偏僻，一整棟的透天厝，一樓就是教團集會所，二樓是辦事處，三樓則被規劃成他的住所。

新住處雖然算不上大，但總比張俞哲之前租的那個小套房要來得強。不只有客廳廚房，還附帶了兩間客房，用以提供楊獻召與其他教眾留宿。

雖然經過那件事情後，他已經完全相信楊獻召說的話，但一下要他接下一個這麼重大的責任，心裡難免還是覺得有些不安。

張俞哲接過了書，那沉甸甸的重量，彷彿是之後將要加諸在他身上的責任，頓時令他有些退卻。

彷彿是看穿了他的心思，楊獻召又說：「你才剛理解到自己的身分，還不能使用願神轉世的力量，慢慢來，不用太著急。」他說著將視線移向站在自己兩旁的人。

「奉昇，獻古，這兩個人是願神親自示意的護法，他們會幫助你熟悉教內的相關事務。」

「我們永遠侍奉追隨願神大人。」

張俞哲看向那兩個被點名後各自向前站了一步的人。

這兩個人雖然身形也都偏瘦，穿著與所有人一樣胸前印有圖騰的教服，但與楊獻召明顯不同的是，兩人的頭上都戴著遮蓋到耳朵的灰帽，臉上掛著遮擋住整個眼睛的防風眼鏡，即使是像現在一樣的深夜，也不見他們將眼鏡拿下來。

他甚至懷疑這兩個人說要追隨自己的人，究竟能不能看清楚自己的長相。

不過這畢竟是他第一次受到這種規格的待遇，也不好多說什麼，連忙客氣地說：「我以後也要麻煩大家了。」

楊獻召聽他這麼說，板起了面孔，語重心長地說：「你是願神，是我們的信仰，所有人都是因此才會聚集在這裡，你完全不用對這一切感到畏懼或不好意思，因為沒有你，就沒有我們。請你也要相信自己。」

這突如其來的一番話令張俞哲一愣，雖然他已經逐步為自己心理建設，但那些都遠遠不及這一番話給予的力度。

他用力地握住了楊獻召的手，語帶感動地說：「請你務必幫助我，成為原本的模樣。」

即使他根本沒有見過願神，就連那些教義與神蹟都是剛剛才聽說的，但他卻覺得這群人已經是自己的責任了。除了自己外，這世界上再沒有任何人可以帶領他們。

「我一定會盡力輔佐你的，不如說我之所以能存在，都是因為你。」楊獻召回應。

張俞哲終於成為了人群中最重要的存在，被許多人所需要、關注。不得不說，這樣的感覺很好，與大家連結在一起，與大家共同完成一件事情……令他好像再度找到了那個以為畢業就失去的棲身之所。

楊獻召帶著護法離開後，張俞哲在這個陌生的地方，久違地睡了一個好覺。

連手機螢幕亮起，顯示為「家」的來電，都沒有接到。

＊＊＊

「什麼意思？這太荒謬了吧？這樣就是神了？」

張俞哲找了俊宏一起到本來的租屋處收拾行李，他們一邊整理著需要搬走的物品，一面聊起了自己這幾天的奇幻經歷。

可是俊宏的反應卻出乎他的預料，不僅沒有給予他祝福或者是驚訝，反而激動地停下整理的動作，抓著他說。

「你一定是被騙了啦。哪有什麼願神啊，如果這世上真有可以完成願望的神，為什麼還有這麼多人不開心？」

關於這點，張俞哲這幾天來自己研讀教義加上與楊獻召的探討，對這個問題整理出了一個大概的想法。

「那是因為他們的慾望太多。願望總是一個接著一個，沒有滿足的那天。」說著，他換上那副練習已久的面孔。

「所以，我們奉神教並不是只完成信眾的願望，同時也教導他們，不要被過多的慾望所蒙蔽。」

俊宏一臉不可置信地看著他，「不會吧？你才進去幾天就被洗腦成這樣喔？」

張俞哲有些不高興地看著他，「什麼洗腦，尊重點，這是一個勸人向善的宗教耶。」

「你清醒一點，說你是神明轉世就已經夠荒謬了，還說你可以實現別人的願望？如果你這麼威，那怎麼不先實現我的願望？」他十分不能苟同地說。

張俞哲想起在遇到那些離奇的事件前，自己與俊宏一樣，都是一個無神論者。如果是那時的自己，一定會贊同俊宏的說法。

可是如今他經歷了這麼多事情，對這種簡單的質疑，當然也有了對應的說法。

「那是因為你不相信我，你沒有向我祈求。如果你跟其他教徒一樣全心相信我，願望一定可以成真。」

俊宏簡直都要昏倒了，不管他怎麼說，面前這個人就像入魔了一樣，怎麼都說不聽。

他已經不知道還有什麼方法，可以把徹底淪陷的好友拯救出來了。

張俞哲自然是沒有發現好友的煩惱，等了好一陣子都沒有等到對方的反駁，還以為自己已經順利說服他了。隨即換上一副和藹的面龐，拍了拍他的肩膀。

「你不用為自己的質疑感到羞愧，人都是這樣的，對未知的事物習慣會下意識地否定。」

他不講話還好，一講話立刻又燃起了俊宏熊熊的鬥志，決心一定要把張俞哲從這個邪教集團手中拯救出來。

決定目標後，俊宏不再說話，原本停下的手又開始動作。他發揮了十分高效的速度，將屋內要帶走與丟掉的東西都分類好，並且迅速將要帶走的物品放到了自己車上。

「走，帶我去看看那個奉神教到底是什麼東西。」

既然對本人說沒有用，那就去看一看這個宗教到底是什麼，見招拆招吧！

俊宏的內心是這麼想的。

＊　＊　＊

俊宏才進入一樓，迎面而來的就是一座巨大的神像。與其他廟宇不同的是，神像前面沒有擺放香爐，也沒有鮮花或者供品，只擺了一張椅子，將宏偉神像的下半身都擋住，然後在椅子的前方還有一個看來已經十分破舊的墊子，似乎是給信徒跪拜用的。

更與眾不同的是，這座巨大得頂到挑高天花板的神像竟然是沒有臉的。不僅沒有臉，當他再進一步仔細觀察這座神像後，他發現神像的神態與肢體極其怪異，雖然是坐姿，卻不是一般常見的盤腿坐，而是一腳上盤，一腳向後折，這種高難度的動作，根本不是人類身體可以做出來的。

而且不知道是不是造塑像的人怕太寬會占去太多擺放面積，這尊擺放在椅子後的塑像特別的薄且扁平，呈現出的寬度也完全不是一個正常成年男子該有的身體樣貌。

他越看越是覺得奇怪，忍不住指著神像問：「這就是你們信的那個願神嗎？」

走在前面的張俞哲點頭，「對啊，看上去就十分莊嚴對吧？」

俊宏忍住想要吐槽他眼睛有問題的衝動，問出自己最好奇的問題：「為什麼神像沒有臉？」

張俞哲露出一個神祕的神情，「怎麼？你對奉神教有興趣了嗎？」

雖然是有，但不是你想的那樣。無法吐槽的俊宏只能默默在心中說。

好在張俞哲也沒有非要他表示什麼，立刻接下去說：「因為願神會不斷在世間輪迴，每一次出現的法相都不一樣，所以神像沒有刻臉。」

他仔細思考了一下這個說法，「如果是這樣，那你們有什麼辦法驗證那個人真的是願神？」

「我不是跟你提過嗎？轉世前願神會有指示……」張俞哲話說到一半，就被俊宏打斷。

「我不是說這個。我是說你們找到了符合指示的人，然後呢？怎麼驗證他就是你們說的那個願神轉世？」

張俞哲顯然沒有想到俊宏會問這個問題，一時間呆住。

沒有得到回應的俊宏又繼續說：「如果沒有辦法驗證，怎麼能確定找到的是真的願神呢？又或者說，怎麼能確定你真的是願神呢？」

張俞哲確實從來沒有想過這個問題，不過那些曾經發生過，並令他深信不疑的事蹟仍是他印證自己最好的回答。

「如果我不是願神，那我怎麼可能從翻覆的巴士逃出來？」張俞哲說。

「不是因為你是全車唯一沒有睡著的，才能在事故發生當下立刻逃出來嗎？」

「才不是。」張俞哲露出一個不耐的神情，「是有一陣奇怪的聲音提醒我遠離車子，我才幸運逃出來的。而且我也不是自己逃出車廂的，我是被一股奇異的力量甩出去的！」

「那就是你離開座位的時候被作用力甩出去了啊。所有人都在位置上綁著安全帶，當然只有你會被甩出去。」

「你不在現場，不懂啦！」張俞哲又在腦中重新回想了一次那時候的情況，那些出現在耳邊的聲音，與那些詭異的情況。

他知道，那絕對不是幻覺，是只有親身經歷過的人才能體會的奇異現象。

「我是不知道那天到底發生了什麼事情，警方目前也沒有公布事故發生的原因，但是坐上死了快五十人的巴士，你不覺得自己運氣很差嗎？根本不符合願神運氣好的條件吧？」

兩人正站在佛像前爭執時，楊獻召自門前走了過來。

「這是您的客人嗎？願神大人。」

兩人同時見到走來的楊獻召，臉上出現的表情卻截然不同。如今張俞哲看見楊獻召，內心浮現的感覺只有親切與安心；可俊宏卻不這麼想了。

「我們之前見過啊，楊先生。」俊宏禮貌地微笑。

楊獻召將目光集中在他臉上，片刻之後露出一個恍然大悟的神情。

「是你啊。願神大人的朋友。」

俊宏挑了挑眉毛，不知道為什麼對這個稱呼很感冒，不過他並不急著當場發作，而是故意將四周看了一遍，然後說。
「我聽說你們是一個專門幫人實現願望的教派。」
楊獻召點頭，「沒錯。」
「那我現在有一個願望。」
「你想要願神幫你實現心願嗎？」
「如果可以的話。」
楊獻召看了張俞哲一眼，那眼神中似乎傳達著什麼，隨即就見他擋在了張俞哲面前，而後者也十分配合地退了一步，與俊宏拉開距離。
「你有什麼願，就跟我說吧。」楊獻召說。
本來氣勢洶洶的俊宏看好友這樣，覺得自己剛剛的勸戒全然都沒有起到作用，不禁有些洩氣，也放緩了聲調。
「我就是希望你不要被奇怪的宗教騙了。」
雖然張俞哲對楊獻召深信不疑，但是他也看得出俊宏是真心在擔心自己，兩人的氣氛也在此時緩和許多。
「你放心，我沒有被騙。即使我成為了願神，你也還是我的朋友。」
俊宏看著張俞哲堅定的雙眼，知道自己今天無論再說什麼都沒有辦法說服他，更何況一旁還有始作俑者楊獻召。

他嘆了口氣，如今也只能暫時撤退，等待時機再來勸張俞哲了。

打定主意後，俊宏安靜地轉頭，將車上載的那些屬於張俞哲的物品，全數提到了三樓。

還好張俞哲的東西也不多，俊宏只來回了一趟就通通拿完了。

「如果之後有什麼需要我幫忙的，再找我。就像你說的，我們永遠是朋友。」

「謝謝你，如果你之後有什麼需要，也可以來找我。」

俊宏點頭，揮了揮手與張俞哲道別。

臨走前他特地看了一眼站在一旁的楊獻召。從他第一眼看見這男人時，內心就湧起一種無法言喻的感覺。

那是一種屬於動物的直覺，告訴他盡量不要跟這個男人扯上關係。

如今，再看張俞哲的狀態，果然印證他的直覺十分準確。

＊＊＊

俊宏回到家立刻打開電腦，在搜尋欄上打上「奉神教」三個字。經過引擎搜尋後跳出來的資料有幾百萬筆，但是真正符合他搜尋標的，或者說有他想要知道資訊的，只有前面兩頁。

這樣的結果也許代表了這個宗教還只是一個剛崛起的小團體，知道的人還不多。不過這也讓俊宏更擔心起來，因為他知道通常在宗教剛起步時加入的人，都會是最死忠的粉絲。

他移動滑鼠，將那一筆筆條列的資料點開，其中一篇在四年前刊登的報導吸引了他的目光。

報導的標題是：「最慈悲的宗教　創辦人希望打造一個理想之國」。

內文是楊獻召的訪談，大致是提到奉神教之所以創立的理由，以及他被所謂的願神感召，告訴他必須建立一個帶領人們實現自我，脫離苦海的地方。

在這段文字的下面，還附上了一段訪問的影片。俊宏點開連結，影片自動跳成全螢幕，楊獻召那張與現在沒有太多差異的臉龐立刻放大呈現在他眼前。

影片中楊獻召端正地坐在那，旁邊是訪問他的主持人。一整場訪問下來，他的身體幾乎沒有任何動作，只有嘴脣微微的開闔能夠確定他確實在說話，其他更多時候，俊宏覺得他彷彿是一具假人，臉上的微笑也有著幾分空洞、僵化的感覺。

這與他和張俞哲接觸到的形象有些落差，不過也不排除也許是楊獻召不太習慣採訪，所以顯得比較僵硬。

楊獻召在訪問中表示，只要越多人信仰奉神教，願神的啟示能夠被更多信眾聆聽，幫助的人就越多，願神的力量也越大。

影片的最後，他還透露了他的最終目標是建立一個國家，讓裡面的每個信眾都能依照自己的希望生活，不必再被世間的煩惱所困擾。

看完，俊宏雙手抱胸地沉思了一會兒。單從這個影片看來，他就覺得「奉神教」絕對是一個邪教。這更加深了他的信心，只要自己一篇篇慢慢看，肯定可以找到更多蛛絲馬跡。

他又點開了另一篇介紹奉神教的網頁，這個網頁創建在三年前，似乎是一位曾經加入過的民眾依照自己的見聞描述的。

裡面提到奉神教的創辦人是楊獻召，是除願神外權力最大的人。願神一般只負責成為教眾的信仰核心，並不參與任何教派事務。

比較特別的是裡面還提到願神擁有一位隨侍在側的護法，這位護法除了跟在願神與楊獻召身邊，幾乎不參與任何教眾的集會與禪修。

這份實際的紀錄還提到一個令俊宏有些在意的點，那就是成為護法的人是沒有任何願望的，也很少有情緒。

雖然內文提到要成為護法的條件就是沒有願望，並做到斷絕七情六慾。但以俊宏所知道的狀況來說，身為主召的楊獻召都沒有做到這麼苛刻的條件，為什麼護法的條件反而這麼嚴格？而且這個教派本來就是打著完成願望為號召，護法卻不能有願望？

這一切都令俊宏對這個組織既迷惘又感到違和。除此之外還有一件事情令他很在意，就是雖然網路上完全查不到關於願神的資料，但是從那個實際參與過的信徒紀錄看起來，他似乎曾經看過願神的轉世。

如果張俞哲就是這一代轉世的願神，那三年前出現的願神又是什麼呢？而且更可疑的是，關於奉神教的所有資訊都差不多是在三年前出現的，之後又完全消失了，就像不存在一樣，找不到半點這個宗教有在活動的跡象。

難道是三年前發生了什麼，導致這個教派必須隱匿行跡暫避風頭，直到三年後又捲土重來嗎？

根據這些線索，俊宏腦海中第一個想到的就是詐騙吸金。

雖然這完全是他自己的憑空猜測，但是很明顯這個宗教背後的操控者就是楊獻召，護法應該也是他的同夥。

那他們的手法或許就是透過操縱不知情被騙入教裡當願神的人，重複成立教派，一旦出事就推給所謂的願神轉世去頂罪。

他腦海中大概推理出這個宗教的犯罪模式，現在最麻煩的是張俞哲被捲入當中，並且根本不聽自己勸告。如果只有這些資料，他覺得並不足以令朋友清醒。

他必須找到更多證明奉神教是一個非法邪教的證據。

俊宏才打定主意，擺在一旁的手機就在這時忽然響了起來。

與亮起的螢幕同時，他眼角的餘光似乎見到一個模糊的黑影，自窗前一閃而過。

＊＊＊

「不用緊張，等人到齊，你就走過去在椅子上坐下，我會在你旁邊，帶領大家向你祈願。」

楊獻召一邊輕拍著他的背，一邊說。

張俞哲現在十分緊張，因為就在剛才，他得知楊獻召為了向信眾公布已經找到願神的轉世，臨時舉辦了一場祈願大會。

這個活動是奉神教每個月都會固定舉辦的活動。之前由於沒有找到願神的轉世，都是由楊獻召代為聆聽信徒們的心願，再將那些願望轉達給願神。

可楊獻召畢竟不是願神本尊，能轉達的心願也十分有限，所以奉神教有很長一段時間即使舉辦祈願大會，也是象徵意義大於實質意義，許多信眾也因為這樣逐漸不來參加。

如今願神的轉世已經回來了！祈願大會有了主角，今天所有的信眾一定都會來，為的就是看一眼這代願神的容貌，並且向他敘述心願。

這也是為什麼即使張俞哲再怎麼害怕，或者再怎麼想要推延出席，楊獻召都不答應。

兩人就這樣一來一往討論了快一個小時，直到時間逼近祈願大會召開的時間，而張俞哲的住處又是在這裡，根本避無可避，只能依照楊獻召的要求，硬著頭皮出席。

隨著大會時間的到來，越來越多人聚集在透天厝一樓。

雖然教會大門已經關上了，人還是不斷朝著一樓大廳湧進，直到把整個放置了神像的大廳擠滿，大門外還等候著許多無法進來的信眾。

還在二樓沒有下來的張俞哲生平第一次被這麼多人注目，他緊張得只能聽到自己的心跳聲，連楊獻召跟他說的話都聽不清楚。

終於，到了大會開始的時間。楊獻召先一步下到一樓，以宏亮且充滿威嚴的聲音，朝著那些等候已久的信徒們吶喊。

「今天，是我們找回願神轉世的第一次祈願大會。能夠來參與的人，都是有福氣的。」

隨著他的聲音迴盪在大廳，所有信徒都彷彿被感染了一般，爆發出喜悅的呼喊聲，那聲音一陣接著一陣，還逐漸變大。

「恭請願神！」

刻。」

「願神歸來！」

楊獻召走到了大廳中央，平舉雙手示意所有人安靜。

「現在，就是你們離神蹟最近的一刻，也是大家得以一睹真神面孔的時刻。」

「讓我們恭請願神，願神歸來！」

就在楊獻召話音落下的一霎，張俞哲彷彿感覺到某種奇異的力量，某種呼喊著他的聲音，他一反原先緊張且害怕的情緒，平靜地走下樓梯。

一樓的燈光有些昏暗，只有靠近神像的地方打著光，照亮那尊有些怪異的神像。

張俞哲按照先前與楊獻召討論的，就像是眾人都不存在一般，逕自走向那擺在神像前的椅子坐下。

他一坐下，那些站在原地呼喊的信徒通通跪下。他們主動排列成整齊的隊形，一反剛剛那激昂且零散的樣子，每一個信徒跪下的姿勢與動作都彷彿複製一般，整齊劃一且沒有任何分別。

楊獻召滿意地看著這一切，站到了張俞哲身邊。

「願神回來替大家實現心願了，越是希望達成的願望，就越容易被願神感知，所以你們要努力增強自己對願望的渴望。」

「是。」所有人都回答到。

張俞哲直到坐上椅子，才終於感覺到自己身體的存在，感覺到這一切是確實正在發生的現實感。

「不耽誤大家向願神傾訴的時間。但是我還是要提醒大家，與願神訴願時除了要專心想著自己的心願外，也必須將願望說出來，並且要謹記，訴願時一定要低下頭，不能與願神對視。」

「是！謹遵楊主召教誨。」眾人又回答。

楊獻召滿意的點頭。

「那我們就開始吧。哪位兄弟姊妹要第一個上來向願神祈願？」

人群中央有一人站起了身，他穿過前方一排排的人，來到張俞哲面前，恭敬地朝他膜拜，並且低頭跪在那個破舊的墊子上。

「信女有一個願望，想祈求願神大人幫忙。信女有一隻陪伴多年的哈士奇，最近因為貪玩割傷了腿，傷口反覆發炎，常常進出醫院。希望願神可以保佑牠，讓牠恢復健康，不要再生病。」

這個女人說完後，再度向願神拜了拜。

「求願神完成我的心願，只要祂能恢復健康，信女願捐一個月的薪水還願。」

她說完，看了一眼站在張俞哲身旁的楊獻召。

只聽見宏亮的聲音再度響起，「願神一定會完成妳的心願，妳儘管放心。我們請下一位弟兄姊妹上前。」

女子倒著走，恭敬地回到她跪著的位子，緊接著又從隊伍中走來另一名矮胖的女性。

這個女人的動作比起上一個粗魯許多，她大動作地拜過張俞哲後，啪一聲在墊子上跪下，開始滔滔不絕地說著她的願望。

「我的孩子今年才三歲，最近不知道是怎麼了，總是在半夜啼哭，一哭就到早上，搞得我也睡不好覺。我有帶他去看過醫生，但是醫生也說不出什麼所以然來……只好來拜託願神大人，幫幫我的孩子，讓他能夠好好睡個覺，晚上不要再哭了。」

女人說得又快又急，聲音也不算小，即使是站在旁邊的楊獻召也完整地聽見了願望的內容，所以不等女人看向他，他就自行說。

「願神一定會讓你們都睡上好覺的，不必擔心。請下一位弟兄姊妹上前。」

這回走到椅子前跪下的是一名看來十分年輕的男生，就連他跪在張俞哲前面時也顯得畏畏縮縮，像是十分害怕的模樣。

「願神好，我叫做陳家華。從小腸胃就不好，因為經常跑廁所，周圍的人都不喜歡我。我希望願神可以保佑我不再需要常跑廁所，這真的令我很困擾，總是被朋友恥笑。」他說話的聲音有些顫抖，張俞哲甚至懷疑他可能低著頭偷偷哭出來了。

也許是因為這個男生在性別與年齡上都與張俞哲比較相近，並且這種被排擠嘲笑的事件他也曾經在學校見過，所以他忍不住對這個男生特別有同感，一時忘了剛剛與楊獻召討論過的流程——他是只要負責聆聽，不用開口說話的。

「你不用擔心，只要你有信心，這個問題一定會改善的。在那之前我覺得你可以試試看多運動，吃點改善腸胃的藥。」張俞哲說。

所有人包含楊獻召都愣住了，就連跪在他面前的男生身體也明顯僵了一下，看得出有一瞬間他很想抬頭，但是硬生生地忍住了。

楊獻召率先從震驚中回復過來，清了清喉嚨，接話道：「你的願望會實現的，但是願神也希望你能一起努力，除了靠他的力量外，你的努力也將給人生帶來無限的可能。」

他這番話一說完，跪在面前的男生立刻就十分有朝氣地應了聲：「是，我一定會謹遵願神的教誨！改變自己的人生。」

也許是這個場面實在太感人，一時間所有跪在房間裡的人們都被感動了，當男生再回到人群內時，竟然還能聽到不少教眾小聲地對他說：「加油。」

張俞哲直到這時候才反應過來自己剛剛打破了與楊獻召說好的流程，他暗暗向站在一旁的身影瞄了瞄，就見他臉色如常地舉著手站到了他前方。

「各位弟兄姊妹，這些日子願神大人不在，教中人心惶惶，信仰也不如以前堅定。這些多餘的雜念都大大削弱了願神大人的力量。

「如今他回歸，正是向大家展示神蹟的時刻。不如等這三位弟兄姊妹的願望達成，大家對願神大人恢復信心，我們再繼續這個祈願大會。」

說著，不等那些跪著的人反應，楊獻召就擺出了恭請張俞哲離開的手勢與動作。

「願今日所有得見願神大人容顏者，盡皆順心康健。」

張俞哲收到了指示，也只能起身離開座位，向著通往二樓的樓梯走去。跪在那裡的眾人雖然對大會這麼突然的解散有些不解，但看見張俞哲已經移動腳步離開，也不敢再多說什麼，只能五體投地地行禮。

「恭送願神，願弟子心願得您庇佑。」

隨著張俞哲緩緩向二樓走去，每走一步都能聽到身後那些綿延不絕的誦念聲，以及額頭碰觸在堅硬地板上的敲擊聲。

所有人都在膜拜他，都注視著他離開。

說不上來這是種什麼感覺，與他在課堂上報告的感覺不同。這些匍匐在他腳下的人們是真心地相信他、需要他，並且崇拜著他。

張俞哲感覺到內心的某個角落好像被填滿了。

現在的他不再是路上隨處可見的沒沒無聞的延畢生，也不是那些出社會忙著被人挑選的新鮮人。

他，是奉神教的神，是這些人眼中有能力完成願望的神。

現在，是人們需要他的恩賜，而不是他需要任何人的認同了。

第五章

張俞哲回到被安排的房間裡，楊獻召還在下面應付那些沒有說到願望的信眾。他們有時說話的聲音很大，連三樓的張俞哲都能聽得一清二楚，有時聲音又突然在夜色中低下去，即使張俞哲豎起了耳朵，都無法聽見。

他一個人待在三樓等著楊獻召，想跟他談談關於剛剛那場祈願大會的事情。許多思緒不受控制地出現在腦海，有關於未來的，也有自己曾經歷過的那些詭異事件。

就在這個過程中，他猛然想起了家中的父母。從他離家回來後已經過了三天，這三天他竟然都忘記打電話回家，爸媽一定很擔心他。

想到這，他立刻撥通手機。

果不其然電話一接通，就是母親很不高興的聲音。

「你這個死小孩？打你手機都不接，也不打電話回家，我還以為你出什麼事情了！」

不只是母親的聲音聽起來十分不滿，就連沒有接到電話的父親都在背景發出聲音，「把電話給我，我跟他說。這個死小孩，電話也不知道打一通，讓家裡人擔心。」

張俞哲有預感如果電話到了父親手裡，那自己絕對只有被痛罵的份，只能趕緊求饒。

「對不起啦，媽妳不要把電話給爸，我真的是因為事情太忙才會忘記的。」

他說完想了想，為了顯示自己有十分正當的理由，又趕快補充：「說出來你們可能不信，我現在是被人膜拜的神了！」

誰知道電話那頭的母親沒有露出絲毫訝異的語調，異常平靜地回道：「我們知道啊，你當了奉神教的願神，對不對？」

這下倒是張俞哲驚訝了，「你們怎麼知道的？」

「你一直不接電話，還以為你怎麼了，我就先打給俊宏了。要不是俊宏接電話，我跟你爸都打算去找你了。」

母親說著，還隱約可以聽見背景傳來父親碎碎念的聲音。

「媽，對不起啦。」張俞哲也知道這件事情是他的錯，也只能再一次道歉，並且重申，「我沒有事情，教會幫我安排了新家，俊宏有跟你們說嗎？」

一說到這個，母親就長嘆了一口氣，顯得有些猶豫，「俊宏是跟我們說過，但是我總覺得有點不放心，你有確定這個宗教的背景嗎？之前不是說是詐騙集團？」

「妳不用擔心，之前是我搞錯了，這裡的人都是好人，而且我還是他們信仰的神耶。」

「你就是這樣我才擔心。」

「為什麼？」張俞哲不解。

「俊宏說他查過這個教派，他覺得很可疑。」

張俞哲心裡有些不是滋味，但他還是問：「哪裡可疑？」

「俊宏說，你可能被他們當作人頭了。」

「怎麼會？」

「怎麼不會？我們從小把你養到大，也沒感覺你有什麼不凡的神蹟。突然就說你是神佛轉世……」

張俞哲有些不服氣了，忍不住說：「但是之前爸會生病的預言真的應驗了啊，那就是我是轉世的證明。」

「這個事情也不好說……說不定只是猜對的呢？」

「哪有這麼巧的事情？而且他還知道我之前發生過的事情啊。」

不知道是不是背景的父親聽不下去了，話筒另一端傳來的聲音突然從女聲變成了男聲。

「我跟你說那就是一個騙人的集團，你不要被他們的那些話術騙了。」

「爸，楊主召知道我小時候發生的事情。」

張俞哲本來是想說服父親，卻沒想到這話一出口，倒像是踩到了父親的雷點一樣，聲音瞬間變大了十幾分貝。

「假的！這些怪力亂神的東西。鄰長跟我說沒有人去老家調查過那件事，你還記得那個綁架你的男人嗎？他們很可能就是一夥的！」

張俞哲之前總算想起了那時候部分的記憶，不過經過父親這麼一說，他腦中那些朦朧的畫面又突然清晰了一些。

張俞哲記得那個男人一直到死前，都希望能召喚出能夠實現願望的神靈，完成心願。

雖然他已經不記得自己當時究竟是希望完成什麼心願了，但是如今回想起來，男人是為了完成心願，才會寧願捨棄性命去召喚出那個神靈。

只可惜一直到他的身體逐漸變冷，他所說的神靈都沒有出現。

廢墟裡只有自己一個人與已經沒有反應的他，聽著風聲與夜晚的鳥鳴，漆黑的廢墟中沒有一絲光線，就像那時男子看著自己的眼神，也是一片漆黑。

如果那時候就有奉神教，如果那時候就知道自己是願神轉世，那個男人也許可以活下來。

現在，張俞哲再想起這件事情，湧上心頭的已經不光是恐懼了。而是帶著一種深深的憐憫與惋惜……如果是現在的自己，一定能夠挽救男人與更多人的性命。

想到這，他內心不禁升起一股責任感，也更加堅定了自己的道路。

他冷靜地對著有些激動的父親說：「爸，無論你們相不相信，這個宗教是真還是假，我都不會離開。」

「你發什麼神經？你要賠上自己的人生嗎？」

「爸，真的假的根本不重要。重要的是現在我有力量了，有很多人相信我，我就是他們的支柱。只要我還在，就不會再發生那時候的事情了。」

不知道是不是張俞哲語氣中的堅定打動了父親，又或者是這番話出乎他的意料，好一陣子話筒的另一端都沒有傳來聲音。

時間久到張俞哲以為父親已經將話筒重新遞給母親了，父親才終於又開口。

「你的腦子裡究竟都在裝什麼？自己的事情都管不好還想去管其他人？」他的口氣仍帶著與剛剛一樣的不滿，只是夾雜著一些無奈。接著又是久久沒有下文，這次電話確實被轉到了母親手裡。

母親一接到電話，就簡明扼要地說：「不管你有什麼理由，這個地方我就是覺得有問題，我不同意你加入。」

張俞哲真的鬱悶了，想不到自己不僅只有父親，還有一個母親要說服，而且好友也不看好自己。

越想越煩的張俞哲瞬間失去了繼續交談的慾望，只發出了幾個不明所以的音節，然後快速地說：「這個事情我自己會考慮，先去睡覺了喔，媽晚安。」

說著，不等電話那頭回答，他就掛掉了電話。

電話一掛斷，楊獻召的身影就出現在他的房門前。張俞哲一時間搞不清楚楊獻召是剛好結束了下面的事情上來，還是站在那裡聽了一段時間。

如果是後者，那就有點尷尬了。畢竟自己剛剛在跟父母爭辯這個宗教的真實性。

不過楊獻召的神情一如往常的，並沒有說些什麼。只是談起了剛剛祈願大會的事情。

「雖然你想要開導信眾是一件很好的事情，但是這種事情應該要慢慢來。」

張俞哲搔了搔頭，語帶歉意地說：「我知道我剛剛是有點太衝動了……」

沒想到楊獻召聽到他這麼說，又換了個說法：「也不是說都不能這樣做。只是現在你才剛回來，神力還不穩定，教眾也不熟悉你，當下最重要的是要樹立你的形象……」

楊獻召洋洋灑灑說了一大串，那些都是張俞哲所不知道的，只能昏昏沉沉地聽著他，滔滔不絕地往下說到一個段落。

「你可以理解我的意思嗎？」楊獻召十分誠懇地問他。

張俞哲連連點頭，「懂，你說的我都理解。總之就是目前先照你說的話做，對嗎？」

楊獻召點頭，「因為今天提早結束了，所以我們之後會再辦一場祈願大會。可以嗎？」

他連忙點頭，並拍著胸脯保證，「沒問題！我一定不會再出問題。」

得到保證後，楊獻召滿意地點點頭，「那就這麼說定了，你先休息吧。」說著，轉身向著樓梯的方向離去。

楊獻召一離開後，樓梯就走上了另外兩道身影。

「我們是願神大人的保護者。」奉昇與獻古同聲說道。

雖然張俞哲一直覺得專門派兩個人來保護自己這件事情有些奇怪，但是考慮到自己才剛加入，對各方面都還不熟悉，也只能先接受這樣的安排。

張俞哲朝兩人點了點頭，「辛苦了，早點休息。」

他轉身回到房間，關上房門。

就在他躺上床鋪，閉上眼睛的那一刻。

他似乎看到了房間外那兩人的影子，推開了房門緩緩進入……

＊＊＊

張俞哲雖然做為奉神教的願神轉世，如果要畢業，仍是必須把那門被當的課程補修完。畢竟學校的老師可不信教，不會因為這種事情優待他。

雖然他很清醒地明白這件事情，但不知為何最近這段時間他總感覺十分疲累。明明很早就休息，也沒有做什麼特別激烈的運動，但就是怎麼都休息不夠，每天起來都要在床上掙扎很久。

即使他設了五個鬧鐘，等他起床趕到學校時，第一節課也已經上完了。更慘的是他一坐到位子上，就又感覺到意識模糊，竟然沒幾分鐘就趴下睡著了，再次重演因為打呼被老師從課堂上趕出去的情景。

被趕出去的張俞哲站在教室外，在門口徘徊了幾圈也進不去，只能聽見從裡面傳來的上課聲，最後垂頭喪氣地轉身回家。

他不能釋懷自己竟然犯下這麼嚴重的錯誤，他就差這一堂必修就可以畢業了啊！如果又被當，豈不是又要重修？

想到這，張俞哲的心情都不禁陰暗起來。但來不及想得太多，才剛走到校門口，他就見到校門口有一道熟悉的身影。

那人見到他的第一反應也是有些驚訝，隨即開口問：「你怎麼這麼早出來，應該還沒下課吧？」

張俞哲聳聳肩，一臉無奈的表情，「我上課睡覺被老師趕出來了。」

「你到底有沒有想要畢業啊。」俊宏臉上跟著浮現了濃濃的無奈與不解。可事情都已經發生了，再多說什麼也沒有用了，所以俊宏也只是閉上嘴，朝自己的機車比了比，「走，帶你去個地方。」

張俞哲奇怪地看著他，「去哪裡？」

「你不要問，跟我走就對了。」

俊宏沒有給他拒絕的機會，拉著他坐上機車。

機車一路向著張俞哲不熟悉的路徑駛去，直到在某棟看來有些老舊的平房前停下。

「到了，就是這裡。」

俊宏讓張俞哲下車後停好了機車，領著他推開有些老舊的大門，進入到屋內。

張俞哲正疑惑這裡到底是哪裡，怎麼會有一棟大門敞開、任人進出的房子，玄關內就走來了一位看來有些年紀的男子。

男子看到兩人後不僅沒有露出驚訝的神色，反而十分平靜地說：「你們來啦。」

俊宏朝他點頭，「麻煩你了。」

「我們進屋裡說。」

男子自玄關轉身，他們隨著他的腳步沿著有些陰暗的走廊向屋內走。一路上張俞哲四處張望著這棟屋子的擺設，房子內的陳設都十分老舊，並且還有許多堆積在上面的灰塵，看來主人也不太勤於打掃。

他們終於來到客廳，並不算大的空間裡擺放著日常會有的電視櫃與五斗櫃。

這個頗有年代的房子不僅東西十分老舊，就連擺放的椅子也不是一般常見的軟質沙發，而是木頭做的。除了中間的坐位外，兩旁都積著淺淺的灰，看起來不僅是坐上去會屁股痛，衣服可能也會髒掉。

好在，俊宏與張俞哲也不是特別愛乾淨的人，沒有多說什麼就坐了下去，而椅子硬歸硬卻十分很堅固。三個人一起坐在上面，也沒有半點搖晃。

「要從哪裡說起呢……」男人一坐下，就發出深深的嘆息。他向髒汙的天花板看去，彷彿正在他的眼前展開某些他們見不到的畫面。

「我們想請你談談關於奉神教的事情。」俊宏說。

「這件事情已經是三年前發生的了……」

張俞哲直到現在才發現要談的竟然是奉神教的事情，不解地轉頭看著俊宏，眼神中似乎寫著：為什麼要帶自己來這裡？

不等俊宏回答，男人的聲音再度悠悠地響起：「我也曾經參加過奉神教的活動，因為相信它可以幫助人們實現心願……可是，經過了一段時間的沉澱，我總覺得有哪裡不對。」

俊宏馬上接著問道：「哪裡不對？」

「乍聽之下只要相信，願神就可以幫你實現願望，那確實是一件十分吸引人的事情。但，這樣不是也有點可怕嗎？」

張俞哲想也沒想就回應：「哪裡可怕？你的願望都實現了，人生也不再因為求不得而痛苦，哪裡有問題？」

沒想到男人這時卻一反剛剛那暮氣沉沉的模樣，睜著一雙炯炯有神的雙眼，那漆黑的瞳孔中有著一種近乎瘋狂的色彩，一眨不眨地看著他。

「就是這樣才可怕啊，你有想過人可以許下什麼願望嗎？」

「什麼？」

「我的願望是希望老婆不要跟我離婚。」

聽到男人的願望，張俞哲下意識地在房子裡四處張望。

他確實在牆上看見了一幅結婚照，卻覺得這個破舊的房屋看來不像是有女主人的樣子，而且還有很多區域明顯積了灰塵，不像是有兩個人居住的樣子。

「你的願望沒有實現嗎？」俊宏問。

男人無奈地笑了笑，「應該說是實現了嗎？」他指著那幅懸掛在牆面上的結婚照。照片裡的兩人笑得十分開心，尤其是那個男人，看來要比現在要年輕得多。

「……我太太死了。就在簽字的那天，突然衝到馬路上，被車子撞死了。」

這個結果是張俞哲意料不到的，而且更詭異的是男人接下來所說的話。

「原本我們的感情很好……直到她出去工作，認識了其他男人。她開始覺得我什麼都不好，什麼都比不過別人，每天回到家也只是互相看膩的兩個人，生活沒有半點激情。但是我還是很愛她啊，我不懂。為什麼之前都不是問題的那些小事，最後都變成了離婚的理由。」

男人說到這裡站了起來，打開那個漆黑的五斗櫃，出現在兩人面前的，赫然是一個純色的白玉罐子。

「於是我找到了奉神教，許願希望老婆不要跟我離婚。」

張俞哲不安地看了一眼俊宏，顯然後者也沒有料到會出現這樣的東西，也是怯生生地轉頭看著男人。

「那個該不會是……」

「嗯，是我太太的骨灰。」

兩人的背脊瞬間都被一陣寒氣爬過，同時紛紛挺直了腰桿，身體朝向玄關的方向，一副隨時準備落跑的樣子。

男人卻像是什麼都沒有看到那樣，仍然自顧自地說：「我那時怎麼也沒有想到，願望會是以這樣的方式實現。」

俊宏聽到這番話後露出了十分吃驚的模樣，但來不及等他說話，男人的目光轉向了一直沒有發言的張俞哲問道：「你說我可以再見到老婆嗎？」

張俞哲被這目光盯得發毛，只能倉皇地點頭，「可以，你一定可以見到她的。」

他話一說完，就看到男人那張陰鬱的臉上露出了笑容。也許因為失去了老婆，男子一直都沉浸在悲傷中，此刻他的笑容竟然顯得有些違和，彷彿一個假人似的。

僵化的臉皮十分不容易地牽動著肌肉，只有嘴角兩側誇張地上揚，眼睛卻仍睜得大大的，盯著張俞哲。

「有願神大人這句話，我就放心了。感謝願神大人。」

這下，連俊宏也不想再待了。

他本來還想帶張俞哲來聽一聽這個能證明奉神教有問題的人，說說那些入教的經歷；卻沒想到奉神教這個組織，連已經退教的信徒都這麼詭異。

他拉著張俞哲起身，禮貌地朝男人鞠了一個躬，「那個，我看我們還是先回去好了，不好意思打擾你。」說著兩人頭也不回地就往玄關走。

一直到他們走到大門，準備推門出去前，屋子裡還傳來男人響亮的聲音，朝著張俞哲說。

「證我神明道，盡拋無用身……我們的神，再次降臨了。」

俊宏一刻也不願意多留，關上了鐵門，發動機車載著張俞哲離開。

＊＊＊

「幹！你帶我去那什麼地方？最好解釋喔！」

離開了那詭異的地方，機車才在教會前停下，張俞哲就忍不住立刻髒話伺候，外加狠狠地打了俊宏一拳，以平復自己的心情。

「我不知道啊。本來只是在網路上聯繫他，希望能當面聽他說說加入奉神教的經驗，誰知道他是這樣的。」

俊宏原本只是想找個證人當面揭穿這個宗教有問題，他自己跟那個人聯絡時都好好的，對方也沒有說他老婆死了。誰知道最後就像換了個人一樣，活像是被什麼東西附身。

「你沒事去聯繫他幹麼？」張俞哲問出口，才會意過來俊宏的用意，又說：「你還是想要勸我離開奉神教？」

俊宏立刻點頭，「這個宗教真的太奇怪了。你看剛剛那個人，根本不正常。」

一想到剛剛的事，張俞哲沒好氣地回：「不正常也是你找的。」

「我想事情沒有那麼單純。」俊宏沉默著思考了一陣，然後才有些猶豫地說：「他應該是信教信瘋了。」

「你有什麼證據？」

俊宏立刻將剛剛腦中整理好的因果關係都說了出來，「他提到許願希望老婆不要離婚，結果卻是以那樣的方式做為結果，這個一般人都不能接受吧？再說，他在網路上也不是這樣說的。」

「他是怎麼說的？」

「他說他有奉神教的黑幕。」

「黑幕？他剛剛還在高呼禱詞耶。」張俞哲狐疑地看著他。

「這就是奇怪的地方啊。為什麼他在網路上說的，跟現場說的不一樣……再說，你不覺得他老婆的死因很奇怪嗎？」

關於這點，張俞哲倒是十分認同，也對剛剛的談話充滿了懷疑。順著男人所敘述的片段，他心裡其實也有一個猜想。

「你說會不會是……」

「我覺得他老婆的死說不定跟奉神教有關係，這才是他本來要說的黑幕。只是不知道為什麼沒有說。」俊宏說。

張俞哲聽到俊宏的答案翻了個白眼，很快說出自己內心的答案：「這個太牽強了吧，宗教活動有必要殺人嗎？照我說，他老婆說不定是他自己殺死的。」

但這畢竟是一個沒有答案的問題，於是兩人對視了一陣，發現誰也無法說服誰，話題就自動轉向了。

「不管怎麼說，這個宗教就是問題重重，你幹麼一定要當願神？又沒有好處。」俊宏說。

張俞哲昨天才從內心萌發的責任感，在這時候又突然壯大起來，重申了一次。

「現在我就是帶領這些信徒的燈塔，如果沒有我，他們沒有支柱，要怎麼在這個世界活下去？他們對我的信仰，就是我需要承擔的責任，你能理解嗎？」

俊宏從鼻間哼出一聲氣音，「都是成年人了，沒有什麼困難是自己不能克服。如果有，就應該更努力。」

張俞哲有些訝異地看著他，不知為何他的這番言論在他耳裡聽來卻有些刺耳。好像這個社會只將人劃分為成年與未成年，一旦跨過了那道門檻，無論遇到什麼悲傷或者困難，都不配得到幫助或同情。

他不喜歡這樣的想法，更不喜歡這樣冷漠的世界。

那樣的世界令他感覺自己好像是一個脫隊的人，所有的問題都是必須獨自克服的，那些為了追上隊伍而做的努力，也只是必須與應該。

「你以前在學校不是這樣的，不會說出這麼殘酷的話。難道人生就只有不斷努力，沒有其他選項嗎？」

俊宏皺著眉頭看著他，「這些不都是為了自己嗎？自己的人生，難道不應該自己努力負責嗎？我們已經不是學生了，已經不是那個可以伸手跟爸媽要錢，什麼都有人幫忙安排好的身分了。」

張俞哲無法接受地退後了一步，第一次覺得這個跟自己大學四年的好友有些陌生。不知道究竟是什麼改變了他，難道是因為自己還沒有畢業，沒有找到穩定的工作，才讓兩人的想法在不知不覺中有了這麼巨大的差異嗎？

他還深陷在自己腦海中無法消化的震驚與疑問中，從旁邊突然插入了一道呼喚聲。

「願神大人？您為什麼站在門口不進去呢？」來的人是楊獻召，他雖然喊著張俞哲，目光卻落在俊宏身上。

俊宏也因為這突然插入的對話，將視線轉向楊獻召的方向。也就是這時，他發現出現在兩人身旁的並不只有他，在他身後還跟著兩個身形同樣枯槁，頭戴灰帽，臉上有著防風眼鏡，看不出半點表情的人。

同時在那兩人身後彷彿列陣一樣，站著一大群奉神教的信眾。

人群中傳來細小的耳語。

「這個人是在找願神大人麻煩嗎？」

「他是哪根蔥啊，敢這樣跟願神大人說話。」

「他難道想汙辱我們的神嗎？」

聲音逐漸不受控制地變大，已經到了張俞哲與俊宏都可以清晰聽見的程度。

俊宏有些尷尬地看了張俞哲一眼，畢竟事情鬧成這樣也不是他的本意，卻沒想張俞哲並沒有給他任何一個眼神，甚至就像是沒有聽到那些碎語一樣。

「我對你很失望。」

張俞哲繞過他，走進了奉神教的辦事處。

「既然你們事情也談完了，還是快離開吧。」楊獻召立刻走上前來向俊宏說。

俊宏看了他一眼，也像是忍耐到了極限，一改先前還算平和的語氣。

「這就是一個邪教，你到底還要騙多少人，你才願意罷休？」

面對他的質疑，楊獻召並沒有反駁，而是笑了笑，十分平靜地說：「你否認我的信仰，也否認你朋友的信仰。是嗎？」

俊宏的聲音大了幾分，「他就是被你騙來的！你是不是打算被抓之後就把事情都推給他？我告訴你，我不會讓你如願。」

楊獻召身後站著的那些信徒終於忍不住了，紛紛越過那兩個高瘦的男人，擠到楊獻召身旁助陣。

「你是哪裡來的人啊？憑什麼質疑我們？」

「還說我們是邪教，你媽沒有教你禮貌嗎？不要隨意汙衊別人的信仰，不懂嗎？」

即使俊宏再怎麼生氣，面對這麼多的教眾，他也明顯感覺出自己這樣下去討不到什麼便宜，只能狠狠地瞪了楊獻召一眼，灰溜溜地夾著尾巴離開了。

信眾見到俊宏離開後，也紛紛散開。有些進了屋內，有些則留在原地繼續討論著剛剛的事情。

只有楊獻召仍與那兩個高瘦的男人站在一起，用著只有他們三人才能聽見的聲音說。

「迷惑願神的人，需要處理。」

＊　＊　＊

俊宏坐在電腦前，反覆查詢著奉神教的資訊。他總覺得今天發生的事情有那麼一點不尋常。

他重新檢視了自己與那個男人的對話。

明明兩人之前在網路上都說得很順利，從對話的內容來看，他對奉神教應該也是有所不滿的，而且必定是發生過什麼很嚴重的事情，才會願意答應他的請求，說一說當年在教會裡發生的事情。

紀錄上明明清楚地顯示著，男人說的是：「那是一個十分邪門的組織，我有一些親身的經驗，可以跟你們分享。千萬不要加入奉神教。」

可是為什麼自己與張俞哲到現場後，對方的態度就完全改變了？那他原本要說的經驗是什麼？就是那個老婆無端死亡的意外嗎？還是背後另有什麼內幕呢？

他越是思考，越覺得整件事情並不單純。想到這，他不禁又升起再度去拜訪那個男人的想法。畢竟現在所有的線索都斷了，要查出真相，恐怕還是只能從他那邊下手了。

俊宏腦中計畫著明天下班，也許可以再去一趟。打定主意後，俊宏關掉了螢幕上那些關於奉神教的資料，準備睡覺。

就在他來到床邊，設定好鬧鐘躺下後，正對著他房間的陽臺外，一道漆黑的影子在昏暗的燈光下一閃而過。

同時，陽臺那扇沉重的玻璃門，竟然被推開了一條縫隙，緊隨著屋內的燈光閃爍了幾下。

黑氣般的影子沿著走廊，如同液體，一點點地向著他所在的房間流淌而去。

但這些閉上眼睛的俊宏，都看不見了。

第六章

昏黑的夜色中，他分不清楚究竟身在何方。只感覺自己似乎有一個目的，為了達成它，他必須不斷地向前走，不斷地走，越過那些縱橫的巷弄，與那些複雜的小路，在虛無的時光中，他終於來到那扇亮起的落地窗前。

他將身體趴在透明的玻璃上，觀望著黑暗的室內。

漆黑房間裡只有一張特製的床，床上躺著那個小小的身軀。此刻他正沉沉地睡著，均勻的呼吸聲規律地響起。

然而這樣靜謐的時光卻沒有持續太久，只見那對稚嫩的眉眼輕輕地皺起。不一會兒，本來規律的呼吸聲就消失了，取而代之的是一聲聲將醒的低吟。

他的身體就在這一瞬間動了起來，越過那扇玻璃門，來到床前，伸手將他抱出了那張特製的小床。

被抱起的孩子雖沒有睜開眼睛，但隱約可見臉上浮現出一絲疑惑，張開了嘴似乎想喊叫，隨即又在他的安撫之下，再次墜入夢鄉。

就這樣，他輕柔地搖晃著孩子，直到他的呼吸再次變得規律且綿長，才放下了孩子，自落地窗走出去。

他不明白自己為何會這麼做，也不明白為什麼他會在這裡。空蕩蕩的腦中只覺得似乎還有另外一件事情召喚著他，牽引著彷彿擁有自我意識的雙腳，再一次行走在無人的夜裡，停駐在另一棟公寓的門前。

這回屋內透出了淡淡的黃光，隱約能見到窗前坐著一個人影，不知正在做些什麼，透過光的剪影可以看見他坐在那裡很久，一直沒有變換過姿勢。

他凝望著那彷彿凝固一般的畫面，時間也一分一秒隨著星辰移動的方向流逝。終於，一直沒有動過的影子動了，緩緩地向屋子的更深處而去。

影子離開了，燈還亮著。

他打開鐵門，朝著那間在深夜還亮著燈火的屋子，踩著輕巧的腳步而去。

黃色燈光熄滅的一剎那，他踏著幾乎無聲的腳步進入屋內。那些用來阻擋外人入侵的鐵門與屏障，也無法多阻擋他的腳步一秒。

順著鐵門進去很快就能看到布置簡單的臥室，裡面擺放著一張電腦桌，桌旁是一扇窗。想來這就是剛剛男人一直坐著沒有動作的原因，他是在玩電腦。

書桌旁緊鄰著床鋪，上面躺著正面朝上，身形瘦弱的男性。也許是天氣還不冷，應該覆蓋在身上的被子全部被踢到了男人的腳邊，皺成一團。

他的視線掃過桌上一罐看起來像是胃藥的東西，將它拿了起來。從它被拿起的重量，以及瓶身放置的地方堆積一層薄薄的灰塵看來，胃藥已經放在那一段時間，擁有者並不常吃它。

轉開蓋子的聲音在黑暗中顯得特別清晰，卻沒吵醒躺在床上的男人。路燈透過窗戶照亮了他的臉龐，立體的五官在昏暗的光線中形成陰影，帶有一點陰森的氣味。

白色的藥錠從瓶子中被傾倒出來，全數落入了仰躺著的男人嘴裡，順著那些分泌出來的口水，一路向下滑進深邃的食道與胃袋。

他又拿起被男人踢到一邊的被子，攤平並圍繞在他的腹部上。

床上的男人仍然熟睡著，翻了一個身，身上的棉被牢牢地纏在腹部，再也不會滑脫。

做完這一切，他離開窗外路燈能夠照亮的範圍，身體再度沉入一片黑夜之中。

雙腳逕自地移動，自黑暗之中遁逃。他又感覺到了那個存在於體內的呼喊，催促著他快些離開，快些到達，去到那個他必須要到的地方。

重重的影子在他的眼前晃動，就連天上的星光與月色都如同隔著重重的迷霧，模糊地映照在他身上。

一片黑暗中好像有什麼東西，無數的影像在他面前晃動。

不知為何他越是向前走，內心越是對這些漆黑且模糊的東西升起了一股懷念與安心，好像這些天來他一直都是這麼過來的，陪伴在這些看不清楚形體的東西旁，發自內心地喜愛著祂們，同時他也能感受到從那些模糊黑影身上流動過來的力量與溫暖。

他們相互發自真心地信任與喜愛著對方，他甚至有一種感覺，如果有一天這些看不清楚面目，一團漆黑的影子不在了，那自己也將不復存在了。

他模模糊糊地向前走，在這一條沒有任何人的道路上，周圍傳來隱約的風聲與蟲鳴，空氣中有著一種草木散發出的腥味。

赤裸的雙腳自堅硬的路面踩上了柔軟的泥土，四周長長的草木盆栽淹沒了他的小腿，枝葉觸碰小腿帶來一種微癢的搔刮感。他就那樣佇立在月光中，凝望前方還亮著燈光的房屋。

長長的樹影籠罩他的身影，枝葉的黑影印在了他的臉龐。

他忽然發現自己的身形似乎在黑影中顯得有些灰白，而光下那些重重交疊的影子之中……也沒有自己的影子。

遠方的燈光終於暗下，那抹毛茸茸的影子自晃動的草木中出現。

毛茸茸的物體親暱地來到他的身邊，蹭了蹭他的腳背。他不明白為什麼，好像是某種力量指引著他蹲下身體，撫摸著牠。

活物的氣息自兩者接觸的地方流入他的體內，他的指尖滑過那層皮毛，將那些糾結的毛髮梳理開來，有些許的溼意沾附在他的指尖。

那個影子在他面前躺下，翻出柔軟的肚皮。他十分輕易就能夠抓住一片絨毛中唯一觸感不同的那條腿。

他將手放在腿上，拆開那包紮好的白色繃帶，在那些漆黑的絨毛下顯現出一片皮肉翻開的傷口。他仔細地檢視傷口，將那些沾附在皮肉上的黑色汙漬刮除。

期間這隻毛茸茸的東西一直很配合，沒有掙扎，也沒有吵鬧，直到那些散發出惡臭且烏黑的東西被刮除乾淨，他重新將拆開的繃帶綁上。

直到這時，毛絨的影子才不安地叫了幾聲，在他的手中微微地掙扎起來。

牠掙扎的聲響驚動了屋內的人，原本暗下的燈光又重新亮起，從那間屋子中出來了一位女性。

「嘟嘟怎麼了？怎麼不睡覺呢？」出來的女子蹲下來親暱地摸了摸牠的頭。

他的身影藏入一旁樹木的影子裡，安靜地看著他們的一舉一動。

女子接著打開了屋外的電燈，沿著門前走了一圈，也將這四周的花草與樹木照亮。

燈光灑落在他身上，就像是穿越了不同的介質般，輕微的扭曲，然後透過了他，照射到地面。

她在門前的院子裡繞了圈沒有發現什麼，又關燈進到屋子裡。

只剩下牠仍站在原地看著樹影旁的他，歡迎似地搖了搖尾巴。

他看著那團毛茸茸的影子，突然感覺到一陣迷惘，只能佇立在原地，不知道接下來該做些什麼。

天邊的月色也在這之中逐漸黯淡下來，他身後出現了兩個枯瘦的影子。就像是那些栽滿了整座院子的盆栽一樣，他們伸出那如枝幹般橫生且密集的手，牽引著他，離開了這裡。

＊＊＊

俊宏又來到男人的家。有了先前的教訓，他覺得自己這次應該做些準備再進去，所以他特別去買了一個水果禮盒，做為上次的賠禮。

他還買了防狼噴霧劑，也自己帶了水，就是怕萬一進屋後發生什麼突發狀況，自己也能夠全身而退。

卻沒料到他才剛站到屋前，就感覺到一股寒風自門縫中吹來。更詭異的是面前的那扇門竟然在冷風停止的那一秒忽然打開了，站在門後的就是那天的男人。

「你、你好。上次我跟朋友走得有點太倉促了，總覺得對你有點不好意思。」他說著，將手中的水果籃朝他遞去。

男人看了他一眼，又看了水果籃，略顯歲月的臉龐露出一抹微笑，收下了水果。

「進來吧。」

俊宏順著男人的邀請進到屋內。由於這回來的時間是晚上，他更加感覺出這個屋內的陳舊以及壓迫性。

通往客廳的走道沒有燈，他與男人必須摸黑走在這條路上。

他們再次回到那個客廳，雖然天花板上的日光燈是亮著的，光線也比走廊充足許多，但不知道是不是心理作用，俊宏仍覺得客廳很暗，彷彿有些什麼遮擋住他的雙眼，讓那些光線無法進入自己的眼中。

雖然俊宏並不相信鬼神之說，但他仍挑了一個離骨灰罈最遠的位子。

男人同樣在椅子上坐下後，看著俊宏的臉，揚起一抹和藹的笑容。

「你又過來，是不是有什麼事情？」

他點頭，「是關於上次想找你聊的，奉神教的事情。」

男人目光專注地看著他，似乎有某種炙熱的光芒在他的眼中，但他卻不知道那樣的光芒是從何而來。

「怎麼了嗎？上次我已經把事情的經過都跟你們說完了。」

「我知道。」俊宏稍微遲疑了一會兒，才說：「我記得在網路上跟你說的時候，你想說的不是這些。」

男人臉上的笑容擴大，卻令他心中升起一種奇異的感受。彷彿在那笑容之中，什麼都不存在，連這個男人本身的意志也不存在。

「那些都不重要。重要的是，願望要能夠實現，不是嗎？」他說。

「我想知道的，是那些奉神教不合理的內幕。」

男子點點頭，幽深的視線自他臉上轉移到了那個放有骨灰罈的櫃子。此刻櫃門緊閉著，如果不是俊宏上一次來時看見裡面，恐怕沒有人知道櫃裡擺著那樣驚人的東西。

「內幕啊……」男人的喉間發出一聲深沉的嘆息，聲音竟不似人類可以發出的。

「但是知道這些，你的人生將因此改變，也沒有問題嗎？」

俊宏不解地看著他，「什麼意思？我也並不是想要藉此去舉發什麼，我只是想讓我朋友不要受騙而已。」

男人搖頭，「奉神教並不是一個騙局。祂是真的。」

「你是要告訴我，奉神教所說的願神，確實存在嗎？」

「不僅是願神存在。那些人也有著力量。任何不利於奉神教的人，或者是言論，都會被排除。」

察覺到不對的俊宏立刻追問：「你說的排除是？」

「那要看『他們』怎麼認定了。」男人聳聳肩。

「『他們』？『他們』指的是誰？奉神教的高層嗎？」

「不是，是『他們』，那群許願者。」

俊宏不解地看著他，「什麼意思？」但男人本來看著櫃子的目光隨即移回了他臉上。

「你的存在，不是『他們』所希望的。因為你毀謗了『他們』的信仰。對信仰有危害的，令祈願無法進行者，將會被排除。」

俊宏越聽越模糊，「你能不能再說得清楚點。是誰？『他們』會做什麼？」

男人抬起手，指向俊宏的身後。

「你看，『他們』許願了。」

俊宏透過男人直直盯著自己的雙眼，見到了倒映在那漆黑眼球中的影像。雖然十分渺小，但在那之中，除了自己外，確實還存在著一個模糊的人影，就如男人所說的，在自己身後正朝著自己一點點靠近。

俊宏下意識地回過頭，然而在他的身後什麼都沒有，既沒有他看到的那個隱約的人影，也沒有任何可能產生影子的東西。在他的身後，就是一片漆黑的走廊。

他不可置信地又轉回過頭，想向男人確認，但他卻已經再度將目光移向櫃子。

「剛剛那是什麼？」他說。

「你看到了？」

俊宏不知道自己應該要搖頭還是點頭，還好男人並不執著他的回應。

「那就是『祂們』的實體。你已經被盯上了。」

詭異的氣氛令他不知道自己該怎麼辦。究竟應該繼續坐在這裡問清楚這一切，還是應該要快點離開。

可沒有等到他思考出結論，下一件奇異的事情又發生了。

只見男人望向的那個櫃子，在客廳根本沒有開窗、也沒有風的狀況下，櫃門忽然打開了，露出那個白色的骨灰罐。

純白的骨灰罐被陰暗光線染上一層冷冽的色彩。它就這樣屹立在那裡，吸引了所有的目光，隱約還能從骨灰罐中聽見細微響起的聲音，就像是有什麼東西自內向外抓撓著內壁，即將從中爬出來的聲音。

俊宏只能轉頭，呆呆地看著那個目光始終沒有移開過的男人。

他的內心跑過無數的可能性，比如說這一切也許都是男人布置的機關。又或者其實男人根本不願意告訴自己真相，他只是奉神教用來打消質疑者的工具。

在他的觀念中，沒有科學證明過的事物，就是不存在的。即使人們再怎麼繪聲繪影的傳說，那些多半都帶著誇張與虛構的成分。

為了堅定自己長久以來的信念，俊宏鼓起勇氣從椅子上站起，走到了櫥櫃旁。

他檢查著那兩扇自己開啟的門究竟有什麼機關，心想如果拆穿了這個把戲，男人也許會更願意透露出關於奉神教的真正細節。

但任憑他在那兩扇木門旁看了半天，甚至繞到櫃子側邊，想要查清楚是否背面藏有機關；這一系列的檢查都沒有找出任何可疑的地方。這個櫃子就是一件再平凡不過的家具，除了有點老舊外，沒有任何特殊之處。

「你不相信，對吧？不相信『他們』的願望，能引發出的力量。」

一直堅信著科學的俊宏不禁有些動搖，聲音也不受控地大了起來：「你到底在說什麼？這一切都是你設計的吧？在網路上張貼好像是反對奉神教的文章，實際上是要瓦解反對者吧？」

男人又揚起那奇異的笑容，「所有反對奉神教的，都是註定瓦解、消失的。」

緊接著，男人站起了身，來到俊宏身邊。

他咧著嘴笑，一面毫無預警地伸手將那個實木製作的櫥櫃向一旁推倒。沉重的櫥櫃倒向地面發出巨大的聲響，在這樣的聲響裡，俊宏卻聽見了一道不尋常的叫聲。

那聲音細細的，既像是女性哭泣的聲音，又像是人們的尖叫，聲音伴隨著快速的拍打聲，在巨響落下後越發清晰起來。

「這個，就是你需要付出的代價。」男人望著地面說。

俊宏順著他的目光向下看，地上散落著從櫥櫃中傾倒出的物品。其中那個最顯目的白色骨灰罈落到了地上，摔成了一塊塊的碎片。

而那堆白色的碎片中，不知為何出現了一團黑色的東西。那東西緩緩蠕動著身體，彷彿膨脹般，一點點地變大……

從那之中脫出的，竟然是一隻體型嬌小、單腳斷掉的烏鴉。烏鴉抬起頭來看了他們一眼，用力地拍著翅膀飛上了空中，沿著牆壁在家中亂竄，牠一次次地撞擊著緊閉的玻璃窗，以及掛在牆上那幅結婚照。

烏鴉一面撞擊著，一面發出淒厲的叫聲。血跡沾滿照片中男人的臉旁，將面孔糊得一片暗紅，並沿著相框，一點點向下滴……

俊宏被這樣激烈的畫面震驚，直到那隻烏鴉躺在地面不再掙扎，他才發現有不少血跡也濺到了自己的衣服上。

他再也無法說服自己今天發生的這一切都是科學能夠解釋的了。雖然他仍抱持著懷疑，但是就目前的情景，他實在無法立刻整理出一個原因或者可能性。

再一次，他用著幾乎是逃跑的速度，狼狽地從男人家中衝出，一秒也不敢逗留，立刻驅車騎上了光線明亮的大路上。

可即使如此，他卻依然看見在這樣明亮的光線之中，自己的眼前彷彿有著一團黑霧，那黑霧一點點在他眼前聚攏，形成了一個具有實體的形狀……

隨著聚攏起的形體逐漸清晰，他發現那個本來看似不規則的形狀，其實是擺放在奉神教大廳，那座巨大且扁平的願神之像。

漆黑的神像逐漸在視野之中擴大，並不斷朝著他逼近，那空白的臉龐與詭異的姿態也在他眼中不斷放大……

他好像聽見了什麼聲音，模糊且扁平的。

「你的願望……是什麼？」

巨大的神像乍然扭動起來，那張沒有五官的臉龐揚起波紋般的皺褶，像是從中伸出了無數隻細小的手心，每一個掌心都朝向上方，五指蜷曲如爪。

叭！

他好像聽見人們說話的聲音。

可是他什麼都想不起來了。

一陣睏倦襲來。

他緩緩地閉上了那仍倒映著神像的雙眼。

飄忽的意識中，他不知為何，感覺到了一股莫名的喜悅。

好像這就是他一直以來的願望，那張扁的面孔，也正是他一直以來追求的希望。

＊＊＊

張俞哲迷迷糊糊地睜開眼睛，映入眼簾的是兩張戴著墨鏡，看來差不多的臉龐。

剛清醒的腦袋運轉了一秒，才想起這兩個突然出現在自己面前的人是誰。

「你們為什麼在我房間？」

「祈願大會要開始了。」

張俞哲疑惑地看著他們，又看向窗外。

「現在幾點了？祈願大會不是在星期六嗎？」

張俞哲從床上坐了起來，感覺到四肢都像是灌了鉛般的沉重，腦袋也十分昏沉。

兩人互看了一眼，又同聲說：「願神大人，今天已經星期六了。」

本來張俞哲是一副睡眼惺忪的模樣，直到聽見兩人這麼說，才忽然嚇醒般從床上跳起來，「今天不是星期二嗎？我昨天還去上課了。」

他不敢置信地拿起床頭櫃旁的手機確認，發現螢幕上確實寫著星期六。也就是說他的記憶在那天跟俊宏吵架完後，就全部消失了。他根本不記得自己這幾天做了什麼，唯一還勉強想得起來的，只有吵架那天晚上，他請教了楊獻召很多與宗教有關的問題。

張俞哲連聲音都顯得有些顫抖，他拉著其中一人的手，「你們這幾天是不是都跟著我？」

兩人點頭。

「那我都做了些什麼？為什麼我都沒有印象。」

被拉住手的獻古說：「您都在研究教義與經典。」

張俞哲聽完他的解釋後再度努力回想著，卻還是什麼都沒想起來，只能不由自主地搖著頭。

「不可能，再怎麼認真我也應該會有印象的，為什麼我半點印象都沒有。」

他們正僵持不下時，楊獻召走了進來，「信徒們都到了，願神大人可以降臨了。」

張俞哲就彷彿見到海中的浮木般，改拉住他的手，「我這幾天的記憶都消失了，怎麼辦？」

楊獻召看了他一眼，仍是一臉平靜，「怎麼會消失呢？你仔細想想，昨天我們不是還一起演練過今天大會你該做些什麼，應該怎麼回答信眾的問題嗎？」

說也奇怪，張俞哲原本一團迷霧、什麼都想不起來的腦袋，經過他這樣一說，竟然真的浮現了兩人昨天談話的畫面，還有他們一起規劃的流程。

「因為願神真正的歸來，今天的祈願大會將會與以往都不一樣。」

張俞哲的腦海中響起了自己昨天對楊獻召所說的話。

原本失去的片段紛紛回籠，只是仍有許多空洞的時光。但即使如此，也已足夠令他無措的心情安穩下來。

他不明所以地點著頭，雙眼中反射著楊獻召站得筆挺的身影。

「對……我想起來了、我想起來了……」

楊獻召拍了拍他的肩膀，看向站在旁邊的兩人，「讓願神大人梳洗一下，來參加祈願大會吧。」

說完，楊獻召轉身，身影再度消失在通往一樓的樓梯。

也許是睡眠不足，張俞哲的腦袋還十分昏沉，只能遵照兩人引導，才能順利完成盥洗與著裝的動作。

他換上了楊獻召幫他準備的衣物。那是專門為他訂製，不同於其他教徒的樣式。張俞哲的衣服上不僅繪有漆黑的教徽，肩上還垂掛著一條明黃色的布幔，這個在奉神教中被稱為「加念」，象徵了所有信眾的意念聚集在唯一的真神身上。

換好衣服後，張俞哲與奉昇、獻古一同來到了一樓。那裡已經聚集許多教眾，數量比起第一次祈願大會時還要多，將整個一樓都擠得水洩不通，人與人呼出的熱氣都彷彿凝結在空氣中，即使將窗戶與側門都打開，因人們聚集而產生的悶熱感也揮之不去。

「諸位弟兄姊妹，願神大人為回應你們的願望而降臨。」

跪在塑像及椅子前的人們發出一陣歡呼，紛紛喊著：「恭迎願神。」此起彼落的聲音就如同錄音般不斷反覆迴盪，陣陣的回音疊加在不斷反覆的聲音中，令這一句簡單的話都扭曲得無法聽聞。

張俞哲終於在這盛大的歡迎中坐到了位子上。他高於信眾的目光掃視著那些跪伏在腳邊的人，每一張臉都是模糊的，連他們發出的聲音也如此的模糊。

昏沉的腦海出現了細微的嗡鳴聲，像是某個人喃喃地在他耳邊說些什麼，又像是因為他們過於熱情的呼喊，而共振出的雜音。

楊獻召在他坐定後平舉雙手，「為了讓諸位知曉願神大人的神蹟，穩固那顆浮動的心。我們先請上一次祈願成功的弟兄姊妹與我們分享。」

說完，人群最前排走出了一男兩女三道身影，他們恭敬地跪在張俞哲面前，並且同聲說。

「拜謝願神大人完成我們的心願。我們發誓永遠追隨您。」

他們說完，又同時站起來向著那些跪著人說。

「多虧了願神大人的力量，我家的狗已經康復了。」

「多虧了願神大人的力量，我的肚子也都不痛了。」

「多虧了願神大人的力量，我家小孩半夜再也不哭了。」

隨著他們的發言結束，眾人又爆發一陣聽不清楚的歡呼聲。

楊獻召再度舉起手，示意大家安靜，讓那三個上前的信徒退下，並朝著那一片跪著的黑壓壓的人群說。

「再次轉世的願神大人已經證明他的神蹟，現在所有弟兄姊妹都可以再無顧慮的，潛心信仰願神大人。」

隨著楊獻召的話音落下，張俞哲的腦海中再度浮現出綁架自己男人的眼睛。他想起他看著自己那狂熱的眼神，如同這群跪拜自己的人那般虔誠篤定。

張俞哲耳邊不停傳來信眾反覆念誦的禱詞：「……今生所欲願成者，萬眾歸心神現跡。」

不知何時，他面前跪了一個信徒，低垂著頭，嘴裡不停與大家念誦著相同的句子。

「說出你的心願吧。」張俞哲朝他說。

那人立刻毫不猶豫地傾吐：「願神大人，我的心願就是中獎，我希望能有好多好多的錢。如果我能實現心願，我一定把一半的錢都捐給教會，讓更多人信仰奉神教！」

面對這種近似於賄賂的發言，張俞哲內心其實並沒有什麼波瀾。畢竟他成為願神也不是為了錢，而是想幫助更多人，同時也相信自己不平凡的經歷確實有所蹊蹺。

但就在他要回覆這個信眾的祈願時，腦海裡那陣一直沒有間斷的嗡鳴聲卻突然加大了，同時那些原本紛亂的雜音也都瞬間聚攏成一束清晰的聲音。

「我答應你。」

那確確實實是自己的聲音，由自己的嘴裡發出，同時他還見到自己的身體從椅子上站了起來，以那宏亮的聲音說。

「於我取回神力後，你等所願，盡皆可成。你們只需等待神蹟降臨即可。」

隨即，張俞哲只覺得昏沉的意識如同墜入濃霧之中，他再也無法支撐住自己的意識，再度陷入沉沉的睡眠中。

意識完全斷絕前，他好似見到人群中出現了兩道熟悉的身影。

他記得自己曾經在哪裡見過這兩張向自己虔誠膜拜的面孔。在昏暗的光線下，那兩人的五官被籠罩在濃厚的陰影中，但他散漫的腦海卻仍隱約記得，那時不時在半夜發出的叫罵聲，以及淒厲的哭喊……

第七章

張俞哲是被巨大的鞭炮聲吵醒的。

他來到樓下，見到楊獻召正與一群信徒圍在外面說話，每個人的臉上都笑嘻嘻的，空氣中瀰漫著大量鞭炮炸響過後留下的硝煙，以及滿地的紅紙屑。

「為什麼一早放鞭炮呀？」張俞哲問。

本來熱烈交談的眾人因為張俞哲的問題紛紛轉過頭來，見到說話的人是張俞哲後，立刻換上了一副感激且恭敬的神采。同時還有一個信眾從人群中走來，十分激動地拉著他的手，跪在了他面前。

「謝謝願神大人，多虧願神大人讓我中獎！所以特別來還願。」

張俞哲仔細看了看男人的面孔，好像確實有點熟悉，自己應該曾經見過他，但他卻怎麼也想不起自己跟他見面時的情景了。

男人並不因為張俞哲的遲疑而改變態度，他向自己尊敬的願神表達完感謝後，轉而拉著楊獻召的手，將他一同拉到了張俞哲面前。

「願神大人，我打從心底相信著您，也想讓更多人都知道您的神蹟。所以我把一半的獎金都捐給奉神教了，希望本教能更加壯大。」

張俞哲轉頭看了一眼楊獻召，見他點點頭，以一種和藹且欣慰的口吻說：「我已經收下這筆錢。我會好好利用這筆款項，帶領大家實現教義裡說的：沒有煩惱的理想世界。」

現場的信徒無不點頭，甚至激動地拍起手來，喊著：「沒有煩惱的理想世界，奉神教萬歲。」

經過這段日子的潛心學習教義，他雖然也理解了楊獻召所說的教義以及所謂「沒有煩惱的理想世界」，卻不知道那些只存在理論以及經典中的困難願望，要怎麼只藉著一筆錢來實現。

不過很快他就見識到了，楊獻召口裡所謂的「實現一個沒有煩惱的理想世界」究竟代表了什麼。

楊獻召用這筆錢在郊區買了大片土地，奉神教的集會處也將從現在的獨棟老透天厝，變成擁有一整片淺山的農舍。

當張俞哲踏上這片完全屬於教會領地的土地時，內心有種迷幻感。以他的年紀，在這個時期最多就是找一份安定工作，領一份安定的薪水，怎麼可能買地蓋農舍，更遑論是要建立一片屬於他們的國度。

他呆愣地看著這一切，任由楊獻召與信徒們簇擁著他，一寸寸走過這片大到一小時都走不完的小山頭。

而這一片山頭，從今天開始都屬於奉神教，屬於自己可管轄的範圍了。

張俞哲忍不住想起了先前才跟他吵過架的俊宏。

如果見到現在的自己，他會有什麼想法呢？

＊　＊　＊

大門剛打開，張俞哲就被站在面前的人嚇了一跳。

只見俊宏全身上下布滿了大大小小的擦傷與瘀青，頭部更是被繃帶綁了一圈，腳上也打著石膏。

張俞哲十分震驚地看著他，想也不想地脫口而出：「你怎麼了？」

俊宏臉上閃過一個複雜的神情，看了他一眼，撇過頭小聲說了句：「先進來啦。這個等等說。」

張俞哲滿頭問號地跟著他進到了屋內，只見俊宏一個人在電腦前忙了一會兒，連上了一個網頁，螢幕隨即開始播放起影片。

「不知道大家有沒有聽過奉神教這個宗教？這是一個最近急速竄起的宗教團體。究竟是什麼原因，讓他們贏得民眾的信任？這期我們就要來專訪奉神教的主召：楊獻召，以及他們好不容易尋獲的願神轉世：張俞哲。」

螢幕上播放的影片被按下了暫停鍵，俊宏將視線從螢幕移至張俞哲身上。

「這段日子奉神教擴張得很快，有很多這樣的影片在網路上流傳。」他說。

張俞哲有些不知所措地看著他。

確實這段時間裡有很多記者來到他們買的那座山頭採訪自己跟楊獻召，但是俊宏現在播放的影片他卻是第一次看見，連他自己都不記得是在什麼時候，又是在怎樣的情況下被錄下了這段採訪。

不過因為訪問的邀約十分密集，他也常常還沒搞清楚狀況就被拉著說話，造成這種情形並不奇怪。

他又看了俊宏一眼，想起兩人最後鬧得不歡而散的情景，十分小心地說：「變得有名，才能夠幫助更多人吧？現在我們不僅有自己的土地，還有很多信眾，我們可以在那片土地上過著自給自足的生活。」

俊宏無奈地搖頭，又嘆了口氣，「你是真的相信這個宗教嗎？相信一個以幫信眾完成願望做為號召，看起來疑點重重的宗教？」

張俞哲沉默了一陣，才說：「神蹟是真實存在的。我已經幫助好多人完成他們的心願。」

俊宏臉上那副奇異的神色又一次閃過，彷彿想說些什麼，但終究沒有說出口，最後只能放棄般地聳聳肩，「如果這是你的選擇，那就這樣吧。」

雖然張俞哲有些不解，之前一直心心念念想要說服自己的俊宏為何會突然改變態度，但是兩人間最大的衝突點就是這個，如果俊宏願意放棄說服他脫離奉神教，他當然樂於接受，並繼續維持這樣的友情。

短暫的沉默裡，張俞哲的目光向下移，看著那個從自己剛剛進門前就十分在意的事情，忍不住又問了一次：「你的腳怎麼了？怎麼包成這樣？」

俊宏關掉了螢幕上顯示的影片，一派輕鬆地說：「在路上發生車禍。我算是運氣好了，只是腳骨折。」

「這麼嚴重？別人撞你還是你撞別人？」

「說出來你可能都不信……是一群車撞我。」

「蛤？」他發出驚異的叫聲。

「連環車禍啦。我也不知道為什麼，也許是那天的精神狀況不好，騎車的時候睡著了。等我醒來時，才發現自己闖了紅燈。」他低下頭，臉上的表情閃過些許的不自然。

「你怎麼會累成這樣？」張俞哲則是有些不敢置信地看著面前的人。

在他的印象中，俊宏就像是一個可靠又成熟的大哥一樣，雖然兩人的年紀相同，但他卻總是受到俊宏的提醒與幫助。他萬萬沒有想到有一天，這麼可靠的俊宏，也會犯下這種錯誤。

也許是他震驚與不可置信的表情實在太過明顯，俊宏繼續維持著輕鬆的語調解釋。

「還不就上班的事。每天都被主管釘，他說大學畢業的菜鳥什麼都做不好，下班時間到了也還有一堆問題要處理。真的很累。」

這還是俊宏第一次這麼明顯地向他示弱，雖然之前也偶爾聽到他抱怨工作上的事情，但最後多半是他們一起對著主管一通亂罵，從來沒有聽過俊宏這麼消極的聲音。

張俞哲正想著自己也許應該安慰他，卻聽到俊宏接著又說。

「確實每個人都有煩惱，也許你之所以這麼相信這個宗教，是因為它緩解了你的煩惱吧。但是我還是想提醒你，如果有察覺到什麼不對勁的地方，一定要快跑。」

雖然從他的談話中還是聽得出俊宏對奉神教有著深深的質疑，不過起碼他並不像之前那麼排斥張俞哲加入了。

張俞哲開心地拍了拍他，「你放心，如果有什麼事情，我一定第一個找你。」

兩人對視一眼，又同時笑了起來。

解決了這個自從那天吵架後就深埋在兩人內心的疙瘩後，他們的神情也放鬆了許多。

一旦放鬆下來，張俞哲的肚子也跟著餓了。他看一眼手機顯示的時間，正好差不多到了晚飯時間。

他乾脆起身，順便拉了拉俊宏，一面說：「走啦！吃飯，肚子都餓了。」

「走啊！既然你都已經這麼有名了，還接受訪問，這頓飯錢應該你請吧？」俊宏撐著放在一旁的拐杖，站了起來。

兩人說說笑笑地走到門口，準備一起下樓吃飯。

因為俊宏的腳不方便，這座公寓的樓梯扶手又因為年久失修而搖搖欲墜，絲毫沒有任何保護安全的功用，所以兩人下樓的速度特別慢。

花了一番功夫後，他們才好不容易抵達一樓。關上大門的那一剎那，面朝馬路站在外側的張俞哲眼前突然一花，好似有某個物體瞬間飛過了他眼前，緊接著耳邊傳來一陣沉悶的撞擊聲，那聲音伴隨著地面的震動，傳遞到他們身上。

兩人同時朝著聲音發出的方向看，不知經過了多久的時間，他們才同時理解到原來剛剛並不是有東西自眼前飛過，而是某件東西自高處落到了地上。

隨即，他們發現這個落在地上、支離破碎的物體……是人。

「這、這……」

俊宏嚇得本能性的後退，直接撞上剛關好的鐵門，又發出一聲巨大的碰撞聲，整個身體無法平衡地沿著門邊滑落。

張俞哲也嚇得後退一步，手不自覺地摸著胸口安撫自己，直到這時候他才察覺到掌心那一抹不尋常、溼滑且黏膩的觸感。

他低頭看向手掌及胸前，才發現一整片血紅的痕跡沾滿了他全身。那個橫躺在路面上的人還持續向外湧出鮮血，血液在路面匯聚成一條細小的水流，緩緩流向他們的方向。

俊宏轉頭看著張俞哲，自然也看見了噴濺到他身上那滿頭滿臉的血跡，急忙從口袋中拿出僅有的衛生紙，遞給他。

他接過衛生紙擦拭，卻發現那一點衛生紙很快就被身上沾染到的血跡染紅。這時他才好像自恍惚的夢境回到現實，清醒地理解到面前到底發生了什麼事情。

張俞哲焦急地喊：「快打電話報警！有人跳樓。」

俊宏也在聽到他的叫聲後，才恍然大悟般拿起手機。

這一連串動靜也驚動社區裡其他人，總算有更多人來到他們身邊。有些人蹲在路面中央查看躺在那裡的人，也有些人來到兩人身邊關心他們。

隨著圍上來的人越來越多，周圍逐漸變得吵鬧。張俞哲與俊宏卻好像沒有聽到這些聲音與喧鬧一樣，他們不約而同將視線集中在那個躺在路面的男人身上。

男人以背落地的方式墜樓，但脖子上卻是十分奇怪地套著一條繩子。他的臉朝著上方，因落下時後腦勺先落地，整個面部被強烈的撞擊力道毀損而扭曲，腦殼也裂開了一個縫，從中淌流出大量紅白色黏稠的液體。

即使是如此恐怖的景象，張俞哲與俊宏還是無法克制自己將目光停留在這人身上。他們兩人都隱約覺得，這張臉好似在哪裡曾經見過。

隨即，張俞哲聽見一旁的俊宏先發出一聲驚叫。

「他是那個老婆死掉的男人！」

驚叫聲勾起了張俞哲的回憶。片段的畫面瞬間如浪般洶湧而來，他瞬間想起了這個男人的身分，以及那天，自己最後一次見到這個男人的場面。

他問自己：「你說我可以再見到老婆嗎？」

而那時的自己，答應了他。

＊＊＊

「我已經說了，我不知道他為什麼要跳樓。」

警局的一隅，張俞哲帶著滿身的血跡坐在桌子另一端。他臉上的神情十分煩躁，以一種快要崩潰的語調回答員警的問題。

雖然他的態度十分浮躁，在他對面的員警卻顯得很平靜，像是全然沒有聽見他的辯解一樣，繼續重複著與先前差不多的問題。

「你真的不認識他嗎？我們查到他差不多三年前曾經是奉神教的信徒。」

張俞哲只能再度重申：「三年前我還沒有加入奉神教，他就算認識教會裡面的誰，也不會是認識我！」

坐在對面的員警眼睛瞬間亮起，又接著問：「所以你也知道他跟奉神教確實有關係，他自殺的動機跟你真的沒有關係嗎？」

「你什麼意思？難道你懷疑是我害死他的嗎？」聽到自己變成了警員的懷疑對象，張俞哲回應的口氣也變得不好起來。

沒想到員警也沒有想要隱瞞的樣子，而是沉默地看著他，那對眼睛裡寫滿了赤裸裸的懷疑。

「我們在他家裡找到一封信，內容是關於奉神教的。」

張俞哲聽了心中一凜，立刻追問：「信裡寫了什麼？」

「你想知道信裡寫了什麼？」員警前傾了身體直視著他，「那你就必須告訴我，你知道的表情。」

「我已經跟你說了……」就在張俞哲十分崩潰自己又要再一次陷入先前的輪迴時，一道低沉且威嚴的聲音介入，硬生生地打斷了他們的對話。

「你們該問的也問完了，是否能夠放我們願神大人回去了呢？」出現在他們面前的是楊獻召，他身後還帶著那兩個護法。

員警見到楊獻召後站了起來，「你是誰？我還在詢問證人，你沒有權利打斷。」

「願神大人已經被你扣留好幾個小時了，還沒有問完嗎？」

「我們對案情有些不清楚的地方必須釐清，還需要證人解答。」員警說著又要坐下，繼續詢問張俞哲。

不過沒有等到重複的問題再度響起，自楊獻召進來的方向又湧入了許多人。人們異常激動，直接衝到了員警身邊。

「現在是什麼意思？」

「你們要扣押願神大人是嗎？」

「這是對神不敬，想受到懲罰嗎？」

「懲罰他！懲罰這些對願神大人不敬的人！」

人群團團將員警與張俞哲所在的桌子包圍。他們企圖將張俞哲與員警隔離，並保護他離開這裡。

可位在人群中央的張俞哲不確定這樣做是否是被允許的，他十分猶豫地看了楊獻召一眼，卻見到他不僅沒有半點阻止的意思，甚至還加入到人群中，擋在員警面前，企圖阻止對方拉住張俞哲的手。

「願神大人累了，需要休息。你如果還有什麼事情，就聯絡我。」楊獻召說著，遞了一張名片給員警。

「我現在要詢問證人，你們不要妨礙作業，馬上離開警局！不然就用妨害公務辦你們！」

員警的發言進一步激怒聚集在現場的教眾，本來他們似乎只是想將張俞哲與員警隔開，並將人帶回去，但現在他們已經將矛頭對準員警，有幾個比較激動的人甚至企圖伸手去扯員警的衣領。

眼看場面一發不可收拾，警局其他警察也加入混戰。

狹小的室內頓時分為壁壘分明的兩邊，張俞哲則順利脫離員警，被教眾包圍在另一邊的中心。

「大家冷靜，不要起衝突。」即使張俞哲在人群中央大喊，也無人應和。衝在前面的信眾就像是沒有聽見一樣，死盯著對面的員警，半點沒有退讓的意思。

眼看兩邊的人馬都進入了備戰的狀態，只要有誰先開始動作，一場衝突將會無可避免的爆發……

千鈞一髮之際，位在警局最深處，那間屬於最高長官的辦公室打開了，從中走出一個身形微胖、頭髮稀疏的中年人。

「沒事、沒事，這就只是警局的例行問話，現在也差不多問完了，大家都回去吧。」

站在另一端的員警們紛紛轉過頭來看他，最初那個與張俞哲發生衝突的員警更是發出抗議，「我還沒有問完。」

但是中年男人卻皺著眉頭朝他一瞪，「你問了這麼久，先讓證人回去休息。你整理一下筆錄，有不清楚的地方改天再問。」

「這麼說，你下次還要再來找我們願神的麻煩是不是？」人群中不知道是誰說了這句話，頓時又響起一陣叫囂聲。

中年男人聽了，趕緊又說：「不會，絕對不會。我是局長，我可以保證，如果不是真的調查需要，不會再傳喚張俞哲。」

因為局長的這句話，眾人終於平靜下來，同時警方也沒有人再來阻礙信眾帶走張俞哲。

一群人就這樣浩浩蕩蕩地走出警局，當張俞哲一面被信眾簇擁向前，在門口回過頭向警局內看時，依稀還能見到那些員警看著自己的目光。

那是畏懼中夾帶著幾絲不滿的眼神。

轉頭，張俞哲的視線又掃過這些圍繞在身邊的人……

一瞬間，他好像有種感覺……自己已經不再是一個人，而是跟這群人融為了一體。

＊　＊　＊

張俞哲剛翻開報紙，只見上面以斗大的粗體字寫著：「奉神教信眾跳樓自殺，疑似與轉世願神有關！」

這是他作夢也沒有想到的事情發展。沒想到俊宏一直擔心的宗教吸金還沒發生，自己先被捲入一樁自殺案。而且因為自己之前曾與俊宏見過這個跳樓的男人，他們又這麼剛好出現在命案現場附近，一下成了媒體與警方的頭號嫌疑人。

又因為自己身上掛著願神的頭銜，導致媒體與警方的焦點都在自己身上。一時間奉神教的消息充斥了新聞媒體，幾乎成為全臺灣最響亮的教會。

想到這些事情，他煩悶地闔上報紙，決定去農田裡走走。

剛離開房子，正在外頭農作的信眾就圍了過來。他們身上有著陽光的氣味，手腳也沾滿泥土，有些人手中還捧著剛採收好的蔬菜，樣子看來十分滿足且平靜。

人們一靠到他身邊，就興奮地說著：「願神大人，多虧了有你，我們才能夠完成心願。」

「對啊，多虧了願神大人，我們才能夠住在這片樂土，生活得這麼悠閒。」

他們的身上與臉上都充斥著汗水，但是神情中卻都有著一絲平靜與滿足，那是張俞哲鮮少在繁忙社會中見到的神色。

順著人們移動的方向，張俞哲慢慢地向田地走去。那些剛發芽的青菜與瓜果都頂著晶瑩的水珠，在陽光下欣欣向榮地生長。

光是看著這一片空曠且自然的景色，他就感覺自己的內心彷彿被淨化了，那些來自城市的喧鬧，以及積攢的壓力都瞬間一掃而空。

張俞哲從沒想過有天自己可以擁有這麼大一片土地，還能夠在土地上建立一個互助合作的組織，並且藉由這樣的運作給更多人幫助。

隨著他路過的田地越多，在他身邊的人群就聚集得越多。到最後他幾乎是被人群包圍著走動，每一處踩踏的土地都被攪動得揚起乾燥的塵沙。

「願神大人！」

「願神大人請保佑我！」

「願神大人今天會召開祈願大會嗎？」

過度聚集的人們將所有景色都擋住，也令張俞哲周邊的空氣變得稀薄。直到這時，他才終於發現到這些人眼神中存在的那抹不尋常的狂熱，以及好似根本沒有看見自己身影那樣。即使自己因為過度擁擠而不適，怎麼努力想要推開他們，換來的也只有不斷向他湧來的人群。

「你們不要再推擠了，我快要站不住了。」

他的話語並沒有引起誰的注意，甚至他們朝著自己伸來的手都彷彿有著某種攻擊性，恨不得將他身上的皮肉都扒下來一塊，似乎只要擁有那一塊血肉，就能夠先一步完成他們的願望。

就在張俞哲毫無辦法之際，人牆外他看不見的遠處，兩道高瘦的影子以飛快的速度自另一端向他們跑來。

黑影一面朝著這邊跑，一面喊：「通通退下！」

不知道是不是凶惡的語氣驚嚇到人們，那些圍攏的人群竟然真的散開了，人們紛紛轉過頭望向聲音傳來的地方。也就在這時候，兩道人影來到了眾人面前，以一種不可撼動的力量，將那些人紛紛推開。

本來被人群包圍在中央的張俞哲很快被兩人拉出，也就是在這時候他才得以重新見到這一片明媚的風光，以及再度呼吸到那些新鮮的空氣。

「謝、謝謝。」張俞哲一被拉出來，第一個就是向那兩位護法道謝，用著有些畏懼的目光看著那一群仍聚集在一起的人。

「願神大人……」

人們露出有些迷惘的神色，似乎不知道自己做錯了什麼。

這時，又是楊獻召從遠方走來，他平靜的聲音就如同一道甘霖般，安撫了每一個人的內心。

「你們對願神不敬，難道是想遭受詛咒嗎？」

人們一聽到這句話，紛紛嚇得在田裡跪下，一面磕頭，嘴裡還叨念著：

「是我們愚昧，冒犯了願神大人，請願神大人原諒。」

張俞哲雖然是這場騷動的最大受害者，但是看到他們這麼慌張的神情，不免又有些心軟，放軟了語氣說：「沒事情啦，我也沒有受傷。」

不過他的話語很快就被打斷，只是這回打斷他的，並不是楊獻召，而是不知從哪裡潛入的記者。

這一幅所有教眾都朝著張俞哲下跪的情景，正好被他們的攝影機記錄下來，同時這群不知從哪裡冒出來的記者與攝影師，還直接扛著機器朝張俞哲衝來。

「請問信徒對願神跪拜，在奉神教是一種傳統嗎？」

收音用的麥克風蠻橫地朝張俞哲的嘴遞去，即使沒得到回應，記者也仍是繼續追問，幾乎沒給他任何喘息的機會。

「那請問你平常都是怎麼管理教會的呢？」

張俞哲被這來勢洶洶的氣勢震懾得退一步。

就在這一瞬間，楊獻召補位過來，頂替張俞哲原本的位置，直面記者遞來的麥克風。

「願神大人需要休息，如果你們需要採訪，我可以配合。」

楊獻召雖然擋在張俞哲面前，但記者還是以十分具有侵略性的動作，不斷逼近，企圖抓到躲藏在他背後的張俞哲。

因為這個記者的企圖實在太過明顯，連本來站在張俞哲兩旁的護法都擋到了他面前。

同時間那一群跪在田地間的信徒迷茫地看著這一切，像是不太能理解現在究竟發生什麼事情了。

楊獻召深吸了一口氣，以那一雙平靜的目光凝視著面前的記者，壓得低沉且威嚴的語氣被全數收錄進麥克風中。

「停止你們的行為。」

話音落下，那群突兀出現的記者也彷彿突然定格了一樣，似乎有什麼東西束縛住手腳，令他們就這樣直挺挺地站在那裡，一動也不動，甚至沒有再發出一點聲音。

這群入侵的人們停下動作後，楊獻召轉頭向護法說：「讓願神大人回去休息吧。」

接著又對那些跪在地上的信眾與阻擋在面前的記者說：「你們都各自離開吧，該做什麼就去做什麼。」

站在張俞哲面前，那個一直沒有動作的那個記者回應：「我們必須採訪到願神。」

「那你們跟我來，我可以解答你們所有的疑惑。」

記者點了點頭，就這樣跟著楊獻召，朝著與張俞哲相反的方向離開。

而其他信眾就像是沒事般，向四面八方散去，又各自回歸自己的工作崗位。

張俞哲訝異地看著這一切，他不能理解剛剛彷彿無法控制的場面，竟然因為楊獻召的幾句話就化解，就好像他有著某種命令人心的魔力一樣。

雖然張俞哲先前就經歷過許多不可思議的事情，但是這樣情況，也著實有點太匪夷所思。

他一面跟著兩位護法向返回屋子的方向走，一面忍不住問：「楊主召除了能夠與歷代願神的意念溝通外，是不是還有什麼特別的能力？」

兩個護法聽完，同時停下腳步回頭看向他，「願神大人為何這麼問？」

「你們不覺得大家都特別聽他的話嗎？」

他們互看一眼，同聲用著十分平板的聲音說：「主召大人代替願神管理教務多年，十分受到教眾的信賴。」

張俞哲雖然覺得兩人說得也有道理，但是心裡隱隱就是感覺事情應該並不是這麼簡單。可兩人並沒有再給予更多的回應，又領著他繼續向前走。

就在張俞哲與兩人走到自己住的農舍附近時，他看見了一個正在田地裡拔草的女性。

那人雖然低垂著頭，但姿態與身形卻令他十分熟悉，尤其是那跪在泥地上的姿態，他十分確定自己絕對在哪裡見到過。

「那個人……」他下意識喃喃地說。

兩位護法聽到後，朝著張俞哲指著的方向看去。

「她是牽引主召找到願神大人的契機，所以主召特別將他們工作的田地，安排在您附近。」

有了這個提示，張俞哲立刻就想起來了。

「她是之前住在我隔壁，常被老公打的那個老婆？」

兩人點頭。

「難怪這麼眼熟……」

也就在這時，離他稍有段距離，原本正在拔草的女性突然抬起頭來，與張俞哲四目交接……

緩緩的，她露出了一個微笑。

＊＊＊

那天俊宏回家後，怎麼都睡不著。

他不明白明明是自己跟張俞哲一起目睹的跳樓事件，為什麼警方只扣留了張俞哲。而且事情過去好幾天，張俞哲也始終沒有聯絡他，就算自己想主動聯繫張俞哲，對方的手機要不是關機，就是沒接。

還好透過電視上不時傳來的消息，他能夠確認張俞哲還是安全的。當然他也看到了那一天奉神教信徒與警方衝突的過程。

雖然這件新聞播放的次數相較那個跳樓案少了一些，但是仍引來了張俞哲的雙親關注。

於是俊宏再一次接到了張俞哲母親打來的電話。

電話才接起來，另一端焦急的口吻就傳了過來。

「你知不知道阿哲發生了什麼事？我們聯繫不上他。」

雖然俊宏對張俞哲狀況也有些不安，但是面對張俞哲的父母，也只能勉強掩飾地說：「沒有什麼事情啊，我們前幾天還見過面。」

「新聞現在都在報導那個『奉神教』的事情，那不就是阿哲加入的那個宗教嗎？」

「是啦，但是這個事情應該跟奉神教沒有什麼關係，那天我跟俞哲都在現場，那個人是自己突然跳下來的。」

一聽到他這麼說，電話另一端的人反應更大了，「什麼？你們還在現場喔？怎麼會這麼巧？」

「對啊，我們也不知道……那天我們剛要出去吃飯，人就從我家頂樓跳下來了。」

這句話一出，話筒的另一端陷入了一陣短暫的沉默，隨即張俞哲母親的語調變得有些遲疑。

「我一直覺得這個『奉神教』有點邪門。也說不上來是怎麼回事，就是隱約覺得不太單純……」

俊宏心中其實也是這麼想的。尤其在經歷了那次不尋常的車禍事件後，他對眾神教的感覺更是從原本單純的神棍，轉變為夾帶著莫名的恐懼——一個無法瞭解的詭異宗教。

雖然他沒有證據能夠證明自己經歷的一切真的是由非科學的力量引起

的，也沒有線索將那些詭異的經歷指向奉神教，但是俊宏就是無法除去心中那一絲似有若無、對奉神教的恐懼。

這件事情他本來也不打算向誰透露。可聽到張俞哲的母親也這麼說，他不禁像是找到了同伴一樣，繼續追問。

「你們是不是也經歷了什麼不尋常的事情？」

俊宏覺得自從接觸到奉神教後，整個說話與思維都不像是自己了。如果是以前的他，才不會認為這個世界上有什麼不尋常的事情，一切事物都可以用科學做定義，如果無法求證的，那都是不存在的現象。

但是如今他無法完全說服自己，之前經歷的那一些，只是因為精神不濟產生的幻覺。直到現在，那個男人詭異的舉動還有他的屍體，都深深烙印在他的記憶之中。

「怎麼說……之前阿哲回來說，我們的身體會出問題，要我們去做健康檢查，結果發現他爸得了大腸癌……」

雖然這段日子，張俞哲一直不斷說服俊宏，奉神教確實有神蹟存在，但他卻從來沒有告訴俊宏，他見到的神蹟到底是什麼，所以俊宏一直不知道這件事情。

如今乍然聽到這件事，再加上自己經歷的那些事情，就連一向不相信鬼神之說的他，都不免有些動搖。

這世界上真的有這麼巧的事情嗎？如果不是神蹟或者超自然力量，又該怎麼解釋這一切？

俊宏的思考還沒有得出結果，就聽到張俞哲的母親說：「雖然提早檢查出了癌症，但是我跟他爸都覺得好好的，怎麼會突然就罹患癌症呢？而且這個病情也十分奇怪……」

「怎麼說？」俊宏又問。

「你不要跟阿哲說，省得他擔心。他現在要應付這個麻煩的事情，自己都顧不好了，不要讓他分神擔心我們。」張俞哲母親深吸了一口氣，才又說道：「醫生明明說病情並不嚴重，開刀切除一小部分就好了……哪知道在另一個完全不一樣的位置，又冒出了腫瘤。」

俊宏聽著皺起了眉頭，「是癌細胞轉移了嗎？」

「醫生不是這樣說的。他說看起來不像，但就是剛做完手術沒多久，又要再動手術，而且腫瘤的大小也是跟之前差不多。」

「你的意思是……」

「我也不知道。」張俞哲母親想了想，「我總感覺這個病，好像是某種奇怪的力量導致的，好像就是為了要應驗那個預言，讓阿哲相信這個宗教。」

俊宏也有這種感覺。

自從自己積極調查眾神教後，他就遇到了那些奇怪的事情與意外。當他放棄去調查眾神教，那些怪事就好像從未發生般，平息了下來。

他不能確定這一切到底是自己與張俞哲母親的心理作用，還是真的如張俞哲所說，奉神教擁有某種神祕的力量，而他們身上發生的事情，都源自於「他們」為了達成某種目的。

他還記得，那個跳樓的男人與自己最後所說的話中，反覆提及了「他們」，好像奉神教並不是一個人控制的宗教，又或者他並不是單一的集團意志，是由複數的「他們」所掌控的。

如果真是這樣，那「他們」的目的是什麼？就是為了讓張俞哲成為願神？還是希望能擴大這個宗教的影響力？又或者……？

俊宏還在腦中思索著這些事情的關係，張俞哲的母親又說：「不管怎麼說，你離阿哲比較近，能不能幫我們轉告他，回來一趟。我跟他爸很想見他一面。」

「好，我一定會找時間聯繫他。」

電話另一端的人聽他這麼說，用著一種安心的口吻說：「那就謝謝你了。我跟他爸都會在家等他，他只要回來就好，我們都在。」

張俞哲母親說完，掛上了電話。

只剩下仍拿著電話，看著電腦螢幕上一排對奉神教與張俞哲不利的相關報導，俊宏陷入了沉思。

雖然俊宏立刻就答應了張俞哲的母親，但現在這個時機，他也不知道什麼時候能夠聯繫到張俞哲。而且最尷尬的是，一向自詡十分相信科學的他，如今竟然光是聽到奉神教的名字，就會感到些許的恐懼，更不要說要再去調查。

那個男人死去後的這些天裡，他總是反覆在夢中再一次溫習那時候的場景。

陰暗的夜晚，還有巨大的神像。他越是反覆去看那時候的場景，記憶就越是清晰，他也越是無法用科學角度去解釋內心的恐懼。

好像即使在應該是安全的自家中，漆黑的角落也會隨時竄出一道黑影。

那影子也許是那時候暗示自己將會斷腿的烏鴉，也許是站在自己身後的影子……也或許就是願神本人，正排除所有企圖影響他威名的人。

察覺到自己的思維越來越渙散，也越來越奇怪，俊宏趕緊搖了搖頭，阻止自己這種太過奇異的想法。

目前，最重要的工作，還是先想辦法聯絡張俞哲，轉告他那些話吧。

第八章

「如果給你一個完成願望的機會，你會許下什麼願望？」

電視上的年輕主持人正以穩定且清晰的語調，條理分明地說著。

「這是臺灣目前最紅的宗教，許多人不惜一切加入它，只為了完成一個願望。

「究竟它是不是真的能替人完成願望？那些加入的人又會遇到什麼事情？這次我們的特派記者獨家深入奉神教，找到負責人解答這一切。」

電視中的畫面從主持人切到上次出現在張俞哲面前的記者，就在畫面看似將要完整帶出楊獻召的場景時，整個螢幕陡然重歸於一片黑暗中。

張俞哲轉頭看著坐在自己旁邊的兩個護法。

「祈願大會將要開始，願神大人該去準備了。」

他反應過來看著窗外，才發現天色在不知不覺中暗下。來到農場的這段日子他發現自己過得特別沒有真實感，不僅沒有去學校上課，打工也辭掉了。最重要的是，因為訊號不好的關係，他連給家裡打電話的次數都少了。

他從沙發上站起來。搬來農場後他的住所與以前沒什麼不同，一樣位在三樓，一樓是祈願大會的場地。如果真的要說有什麼不同，也許是變大了一些，還有二樓變成了楊獻召的住所。

他整理好後下樓，途中就可以碰見楊獻召，他仍是那副和藹且平靜的神情，彷彿天塌下來都無法改變他的從容。

不僅是他，就連幾乎二十四小時跟著他的奉昇與獻古也是。他們臉上都沒有什麼不同的神情，尤其令他感到疑惑的是，這兩個明明總是在自己身邊打轉的人，他卻從來沒有見過他們脫下防風眼鏡的樣子，就連偶爾深夜他出來上廁所，都還能見到他們倆戴著防風眼鏡坐在沙發上，像是在看電視。

完全不透明的防風眼鏡看得清楚電視嗎？這是張俞哲最好奇的事情。好幾次，他都差點要問出口了，但是每每看到他們轉過來時那張什麼表情都沒有的半張臉，不知怎麼，到嘴的話就吞回了肚子裡。

他越來越覺得某些地方與自己剛加入時不一樣了，不僅每個人的神情都變得越來越詭異。就連自己在奉神教的範圍內活動時，也常感覺到似乎有道視線緊盯著自己，無論去到哪裡，他都感覺自己好像被監視一樣。

想到這，他不禁有些不安起來，為了轉移注意力他伸手摸了摸自己的後頸，希望能令自己放鬆些。

卻沒有想指腹滑過的肌膚上竟有著一片像似結痂的突起，隨著他加重的力道，傳來隱隱的痛感。

張俞哲來回摸了幾遍確認，從結痂的範圍與形狀他完全無法知道是怎麼弄傷的，更可怕的是，他完全不記得自己曾經受傷這件事。

就好比今天一整天的時間，他有記憶的只有剛剛打開電視那一段，再往前到底做過什麼，也全然都不記得了。

張俞哲來不及將這一切整理出一個答案，向下的樓梯來到盡頭，通向那光線柔和、擺放著巨大塑像的大廳。

無數的信徒跪在塑像面前，他們低垂著頭顱，虔誠地膜拜著這個賜與他一切的神祇。

因為搬到農舍後有了比較大的土地，不僅大廳變大了，祈願大會的流程也有所更改。

新的大廳內配有一間小的隔間，許願者可以與願神大人單獨在房間內說話，願望就不會再被其他人聽到，也可以說出心中更私密、更渴望的願望。

張俞哲就在眾人的膜拜之中，進到了分隔的小房間。

小房間的其中一面牆貼著與大廳同樣的願神圖像，在圖像前仍擺著一張椅子，椅子前與以前相同，擺放著一張跪墊。

當他在那張椅子上坐下後，站在兩旁的護法就會將大廳的燈光熄滅，以昭告信徒祈願大會已經開始。

隔間外楊獻召站在人群的最前方，高聲喊：「請第一位淑君姊妹上前，感受願神大人的神蹟。」

被點名的女性自人群中走出，她瑟縮著身體，一路朝著那間亮起燈光的房間而去。

張俞哲看著她走進來，在自己面前跪下。雖然她的頭始終垂得很低，身體也因為緊張而彎曲著，但他還是透過這個熟悉的姿勢，認出了她。

她半舉起的雙手緊張地在胸前相握，原本低垂的面孔因為這個動作微微抬起了一些。就在這一剎那，張俞哲看清了她緊閉著雙眼，臉上浮現一抹痛苦的神色。

「願神大人，信女一生坎坷，父母對我不好，嫁到的老公也因為我的出身輕視我，天天虐待我……」

她說的這些，張俞哲住在她隔壁時，從兩人片段的對話中其實就已經猜得差不多了。但實際聽她說，心底還是升起幾分同情。

也因為這份淵源，他忍不住說：「妳不必這麼難過，只要妳肯改變，人生一定會漸漸好起來的。」

卻沒想到聽見他這麼說後，女人的表情突然從痛苦轉成了憤恨。她額間的青筋暴出，整張臉脹成豬肝色，急促地換氣數次，才終於緩過來說。

「不！我不要改變我的人生，我要他死！」

她的話嚇了張俞哲一跳，連連搖著頭說：「我不是這個意思……」

女人卻立刻打斷張俞哲接下來的話語，語氣決絕地說：「我的人生已經沒有什麼指望，我就是要他死。我要那個整天打我的男人去死，我要他經歷我遭遇的那些……」

女人原本閉上的眼睛因為說到激動處而張開，不可直視願神的規定也被她打破。

張俞哲清晰地看清她眼神中的恨意，以及因為憤怒而睜大、充血的雙眼。

此刻女人的面孔一改先前那委屈害怕的模樣，就像是從地獄爬出復仇的厲鬼那樣，就連跟她萍水相逢的張俞哲都打從心底升起一股毛骨悚然的感覺。

「妳……」

他開口想要再勸一勸她，卻在話說出口的那一霎，感覺自己全身一震，好像有些什麼不屬於自己的東西或者是力量正一點點地從他的肉體中復甦。他感覺到每一寸肌肉都被那樣怪異的感覺所擄獲，就好像整個身體被包裹在一個無形的柔軟果凍中，無論是什麼動作，都被這個奇異的感覺所束縛，不僅使不上力氣，也分毫移動不了身體。

張俞哲還陷入震驚之時，他突然聽見了自己的聲音，幽冷且平靜的，迴盪在這個狹小的房間之內。

「妳的心願，我答應了。」

他不可置信地找尋聲音的來源，卻很快看見自己的身體動起來，走近那個跪在地上的女人。

「妳可以靜等神蹟的展現。」

女人望向自己的臉龐由原本的滿滿恨意轉為欣喜，她喜悅且感激的神情深深烙印在張俞哲眼裡，那對因為憤怒而充血的雙眼也流下欣慰的淚水。

「謝謝您，信女如能完成心願，做牛做馬也會回報願神大人。信女任憑願神大人差遣。」

期間張俞哲不斷試圖開口說話，卻怎麼也無法如願。直到這時他才終於認知到，發生在自己面前的這一切並不是夢境，當然也不是什麼突發的意外。

他的身體被某種不知名的力量控制了。而且這也許已經不是第一次，自己總是失去記憶就是身體被控制的證據。

順著這個思緒，他的腦海中忽然閃過了幾個模糊的片段。那像是某棟公寓的頂樓，他的手裡拿著一條麻繩，麻繩的另一端好像繫著什麼，從他的角度看去只能見到一片紅色的女兒牆，繩子的另一端延伸到了牆外。

陽光自天空向下照射，刺眼的光線令他瞇起眼睛。他耳邊好似有什麼聲音，低低的，像是空氣自水裡竄上水面的聲音，又像是某種急促的嗆咳聲。

他最終看見繩子的一端被綁在頂樓生鏽的鐵架上。耳邊那陣奇異的聲音也逐漸平息……視線中出現自頂樓離開的樓梯，那漆紅斑駁的扶手搖搖欲墜，彷彿下一秒就會傾斜脫落，既無法給人攙扶，也無法提供任何保護。

映入眼簾的場景異常的熟悉，他確信自己曾經見過，並且也許不只一次。

他覺得自己的內心都在顫抖，繩子的另一端是什麼？自己又是在什麼時候去過那個地方？

面前的女人早在不知不覺中離開，但張俞哲卻還沉浸在那樣的畫面中。他的腦海一片混亂，重複播放的都是那個熟悉的樓梯間，還有順著樓梯逐漸向下的景象。

房間外的大廳又傳來楊獻召的聲音：「請另一位志鵬弟兄上前，感受願神大人的神蹟。」

緊接著進來的男人身體魁梧，微低著頭卻無法遮掩他凶狠的神情，那一雙眼睛夾帶著期盼與畏懼的情緒看著張俞哲。

張俞哲震驚地看著他。他不會忘記這張臉，曾經被劃傷的手掌似乎又隱隱傳來疼痛感。

但是不等他的回憶結束，男人來到他面前跪下的那一刻，身體就擅自站了起來，他不知道自己此刻是什麼神情，但是在男人抬頭望向自己的目光中，他看到了驚愕。

「願神大人……」

這一瞬間，張俞哲想起了剛剛才激烈響起在耳邊的願望。

「我要那個整天打我的男人去死……」

他在心中發出驚恐的尖叫，但那聲音卻無法透過他的嘴傳遞出去。

出現在耳邊的，還是自己的聲音，平靜如常的，「有人希望你死。」

張俞哲沒有看清楚那一瞬間是怎麼發生的，就像那一次，人生唯一一次近距離目睹屍體的時候一樣。

血花如同洶湧而來的海浪，瞬間淹沒了他。痛苦的喘息成為浪花的聲音，不斷規律且反覆在他耳邊。

「放過我……救命啊……」

男人趴跪在地面上，拖著傷痕累累的肢體不斷向門邊爬行，那姿態像極了他曾見到過，那個被他打倒在地的女人。

「我要他經歷我遭遇的那些。」

他彷彿又聽見了女人的聲音，清晰且激烈地出現在這個空蕩的房間中。

「為教眾的願望，獻出你的生命。」

這一瞬間，他確切地感覺在這個空間中發出聲音的人已經不是自己。伴隨著聲音落下，那個不斷在地面蠕動的男人，身體也如同爆炸一樣，噴濺出大量的血花，將整個房間染得通紅。

直到這時候兩位一直站在旁邊默不作聲看著的護法才終於上前來。他們一人拖著男人的一側，將面容一片模糊的屍體拉到張俞哲面前。

「願神大人，您還沒有聆聽這位信徒的願望。」

他們說完，張俞哲就見到自己彎下了身，俯身在男人的上方，伸手覆上那血肉模糊的臉。

「信眾林志鵬的願望……是希望能將老婆獻祭，改善自己的運勢。這個願望，我答應了。」

即使他再怎麼在內心吶喊，卻也無法改變身體的動作。只見自己的身體緩緩站起來，沿著那一路蜿蜒的血痕走去，留下這滿是血紅的祈願室。

站在屍體旁的那兩位護法始終都只是靜默地看著他，就連他走過楊獻召與所有教眾面前時，身上滴落的血跡沾溼地面，留下血色的腳印，信眾卻都彷彿沒有看見般。

那些跪拜著高大塑像的人們臉上露出一種近乎偏執的笑容，每一個人的瞳孔中看見的都不是張俞哲。

而是那個寄宿在自己身上，操控著自己身體，那個擁有完成人們心願能力的——願神。

＊＊＊

無邊的暗夜，整片田野間沒有燈火，只有幾隻野狗來回走動巡視。牠們的雙眼散發出銳利的目光，成群盤踞在農舍的周邊，偶爾還能聽見牠們機警地發出一兩聲號叫，像是在提醒周圍其他狗，注意是否有什麼可疑的人物出沒。

張俞哲再次取回身體的掌控權時，已經是隔一天的凌晨。等到所有跪在大廳的信眾都向「願神」許過願望後，他才彷彿自那個柔軟且窒息的包覆之中逃出，重新取得自己身體的控制權。

濃烈的倦怠感湧了上來，他幾乎就要失去意識。但是他咬牙，努力堅持了下來，他知道如果這次自己一如往常地立刻睡著，也許就會跟以前一樣，隔天就什麼都記不起來了。

今天發生的事情，他無論如何都不能忘記。這一刻，拳頭落在男人身上的手感似乎都回來了。

他似乎還能感覺到自己手上殘留著用力擊打人類皮肉與骨骼的觸感，還有那些骨骼與肌肉在擊打之中破碎，化為濃稠血塊，柔軟內臟被手心握住的觸感……

即便在暗夜之中沒有任何人能夠看見他的身影，他還是忍不住抱著自己顫抖的身體，用力地蜷曲起來。

他殺人了。也許這還不是第一次殺人。即使這一切並不是他的本意，但所有人都見到是自己做的，本人也擁有完整且清晰的記憶，他不知道該怎麼替自己辯解這一切。

解脫控制後首先湧上腦中的念頭就是：逃吧！逃到一個沒有奉神教的地方。也許自己就能擺脫這一切。

最起碼，他不能讓自己的身體一再成為殺人犯。

狗群號叫的頻率稍歇，漆黑的夜色顯得更加深沉，只留下滿天的星光，隨著整個城市入睡，而逐漸清晰起來。

隨著時間一分一秒地過去，他終於得以趁那一雙雙明亮的眼睛稍歇時，偷偷自隱藏的暗處離開，朝著離開這裡的路徑奔跑。

張俞哲跑過了一塊又一塊的田野，還有那些坐落在田地間的農舍，即使感覺到全身都快要散架般的疲累，也不敢停下腳步。

他不知道自己逃跑的事情如果被知道，將會被奉神教怎麼對待。腦海中又浮現出那一雙雙狂熱且詭異的眼睛。那些人究竟是怎麼看待自己的？在他們眼中的自己又是什麼模樣的？

張俞哲完全不敢去想。他只能拚了命地向前跑，祈禱著自己快點跑過這一大片的農地，跑過那些交織的小路，去到目前唯一安全的地方……

那個無論如何都會幫助自己，在背後支持自己的朋友。

只要到了他家，自己也許就能夠暫時擺脫這樣的困境。

＊　＊　＊

大半夜被友人吵起的人顯得不是很高興，但他仍是把他拉進了家門，並轉身去泡了一杯熱茶遞給看起來明顯不太對勁的張俞哲。

「你這個樣子，是從那裡逃出來的嗎？」

俊宏一面打量著面前的張俞哲，雖然內心對他為什麼會以這麼狼狽的樣子出現在自己家充滿了疑惑，但他還是先將之前聽到的問句轉述。

「對了，你媽要我轉告你，回家一趟。他們很想你。」

俊宏先前確實很煩惱無法聯繫上張俞哲，不過他也不是希望對方在這個時間點上門。不光是自己明天還要上班，而且張俞哲還在半夜狂敲自己家的大門，大喊大叫把鄰居都吵起來關切，害自己被罵了一頓，要不是跟他是朋友，他幾乎都想幹掉這個人。

現在這個人倒像是受了委屈一樣，什麼都不說，頂著一頭亂糟糟的頭髮，全身上下都是泥巴坐在自己租屋處的椅子上，一個勁的把身體縮起來，半伸著手接下他遞過去的熱茶。

俊宏也不急著得到他的回答，而是在一旁坐下來，直到張俞哲小心翼翼地嚥下了一口熱茶，終於回過神開口說。

「我遇到了一件解釋不清楚的事情。」

「嗯？怎麼樣？」

張俞哲抬頭看了他一眼，然後又低下頭看著手中的茶杯。

「我……我的身體被一股不明的力量控制了。」

雖然俊宏早有預料他說的東西應該與奉神教有關，卻沒想到竟然是這種內容。

他試探性地回答：「那你去廟裡拜拜吧？」

「要拜哪一間廟？這到底是什麼東西都不知道，廟裡面能解決嗎？」

「應該可以吧。廟裡不是專門解決一些什麼東西都不知的靈異事件嗎？」

說實在的，俊宏還是不太相信這一切非科學的事件。更何況他本來也沒有在拜拜，一下要他說出怎麼解決這個事情，他著實也沒有太多頭緒。

「你是不是根本不相信我說的話？」張俞哲說。

他只能聳肩，「沒確切的證據前我都不相信。」

得到了這樣的回應後，為了引起俊宏的重視，他有些焦急地繼續說：「我真的被附身了，不只這樣，我還……」

「你還怎樣？」

他深吸了一口氣，抬起臉來注視著他，「我殺人了。」

這句話確實將原本看來不太在意的俊宏嚇了一跳，連隨意的坐姿都改變了。

「你再說一次？」

「我殺人了。你一定要相信我，不是我想要這麼做的，是有某種力量控制我的身體，讓我做出這樣的事情。」

俊宏當機般地傻看了他一秒，然後才說：「你殺的是誰？」

「之前住在我隔壁那個，常打老婆的男人。」

「你為什麼要殺他？」

張俞哲再次焦急地辯解：「我沒有想殺他，是我的身體。我的身體不受控制，把他打死了。」

他的眉頭皺了起來，「你赤手空拳把人打死了？」

張俞哲點頭，又搖頭。

「也不能這樣說，總之一切就是很離奇，但是我真的不想，我不願意這樣做的。」

俊宏沉思了一陣後，又說：「你確定他死了嗎？屍體在哪裡？」

「他的臉都被打爛了，不可能活下來的。我不知道屍體在哪裡，應該是護法跟楊主召去處理了。」

聽到這裡，俊宏皺起的眉頭更緊了。

「所以整個奉神教都是你的共犯？」

張俞哲不知該怎麼解釋這種狀況，自己因為教徒的願望而殺人，但是殺人的又不是他，而是願神。

他只勉強點頭，「算是吧。」

聽完事情的大概，俊宏嘆了口氣，「之前就說這個宗教不太對勁，想不到會變成這樣……也怪我勸不了你，只能讓事情變成這樣了。」

張俞哲聽著他說的話，腦中一片空白，突然間升起一股不祥的預感。

「所以無論要面對什麼，我都會陪你面對的。」

他呆若木雞地看著他，片刻後才有些猶豫地說：「什麼意思？你是要我……」

俊宏想也不想就回答：「去自首。這樣可以減刑，在臺灣殺人逃不了多久的。」

張俞哲簡直不敢相信自己的耳朵，不斷地搖著頭說：「那不是我願意的，我不想殺他的！」

「張俞哲！」俊宏大聲地喊了他的名字，用著無比嚴肅的神情看著他，「錯了就是錯了，面對它才能重新開始。」

他看著他真摯的眼神，沉默。

那一瞬間無數的情感湧上了他的心頭，有委屈、不甘、憤怒、害怕……

在這些情緒過去之後，浮現上來的是濃濃的後悔。
要是俊宏從來沒有聽過這件事情就好了。
……他好希望自己從來不曾跟他提起這件事情。

＊　＊　＊

「雙腳必須摘除，這樣你就不能逃跑。」
「雙手也必須斬斷，這樣你就不會反抗。」
「也將雙眼挖出，這樣你就看不見容貌。」
「將舌頭也拔掉，這樣就不能說出任何訊息。」
他滿意地看著面前的景象，露出一個燦爛的笑容。
「當然最重要的……是要剖開你的腦，讓你忘記這一切。」
隨著話音落下，他伸手扳開了那不再動彈的人的頭顱，將手伸入裂成兩半的腦殼之中，觸摸著軟綿綿的腦組織。
「不能留下的記憶，通通都要消除。」
他以指甲輕刮著如果凍般柔軟、滿布皺褶的腦，然後本來輕柔的力道陡然一變，將五指都貫入了大腦中，只見原本被釘在牆上沒有動彈的身體在此刻劇烈地抽動起來，微微張開的雙眼不斷地上翻，露出滲出血絲的眼白。

「你不要害怕，很快就結束了。你也很想幫助張俞哲，很想令他的心願實現吧？」

插入腦中的手攪動幾下後拔出來，連帶將那些紅白混合的腦漿甩出一條拋物線，濺在了牆面與地板上。

不斷抽動的身體終於失去力量，如同斷線的木偶，將腦袋深深地垂到了胸前。

「謝謝你的幫助，張俞哲也會同樣感謝你的。」

他轉身，抬腳向玄關處走去。沾染了血跡的鞋子順著他移動的腳步，在地面踩出一個個腳印，將地面沾得一片通紅。

那些斷掉的手腳散落在一片狼藉的客廳中，就像只是其中一件不起眼的家具般。

於後，白色的鐵門關上，彷彿什麼都沒有發生過般，夜晚再度回歸平靜。

＊　＊　＊

張俞哲坐上通往老家的客運上，他特地戴上了帽子與墨鏡，並盡可能將自己的身體縮到最小，最好就這樣融入空氣中，不要引起任何人的注意。

非假日的長途客運上，旅客十分稀少，整車的位子還沒坐滿一半。懸掛在座位前方，以往總是用來播放老電影的螢幕，今天稀奇地改為播放新聞，相似的內容不停地自懸掛螢幕中流瀉而出。

「北部發生一起疑似邪教獻祭的殺人案件，死者林淑君，三十九歲，女性。平日交友圈單純，熱心參與宗教活動。今日早晨被鄰居發現陳屍在家中，死狀十分怪異。

「死者全身粉碎性骨折，身上有多處疑似是齒痕的不規則傷口，並被摘除內臟，被摘除的臟器放置在疑似祭臺的桌案上，警方目前還無法鎖定犯案工具。

「接下來關於案件的詳細報導，交給我們的外景記者。」

螢幕畫面一閃，出現的竟是上一次一人勇闖奉神教的那個女記者。只見她鐵青著臉，依稀能感覺到她不太舒服地皺著眉頭，語氣也略為顫抖地說。

「各位觀眾，這可能是目前出現在臺灣最凶殘也最離奇的凶殺案。死者身上的骨骼全部粉碎，皮膚也不見，就連辦案經驗豐富的警方，都無法推測出死者究竟死於何種凶器與手法。

「甚至有法醫大膽斷言，這樣的死法是絕對不可能在一個晚上內不驚動左右鄰居下完成的。

「目前所知，死者平日會參與奉神教的聚會，警方已針對此事展開調查，並將相關人等帶回詢問。」

張俞哲仔細聽完新聞報導的細節，疲累地閉起雙眼。

一片漆黑的視野中，那段不斷被新聞轉述的記憶似乎也漸漸地浮上腦中。

那個力量控制了自己後，召來了某些不規則的、沒有形體的東西。它們一擁而上圍住了那個女人……一口口地啃咬著她的皮膚。

而他記憶最清楚的，是自己離開現場時說的。

「信眾林志鵬的願望，完成了。」

伴隨著體內一鼓作氣湧上的疲倦感，張俞哲陷入了深沉且混亂的夢境。

第九章

張俞哲的腳步停在熟悉又陌生的門前。

他不知道自己的選擇究竟對不對，自己就這樣跑回來，會不會連累父母呢？可是，父母透過俊宏叫自己回家肯定是有什麼事情吧？而且如今的自己除了回家，也實在沒有其他地方可以去了。

想起自己之前在電話裡信誓旦旦地保證奉神教沒有問題，還因為教會的事情跟父母起了爭執，他就覺得十分丟臉，不知道該怎麼面對父母。

但現在還能接受自己的地方，也只有這個家了。

想起這個生活了二十多年的地方，以及父母的臉龐，張俞哲還是鼓起勇氣，按下了門鈴。

出來開門的是母親，她一看到張俞哲，就激動地抱著他哭了起來。

「你這個死孩子！出了這麼大的事情也不打電話回來，手機還關機，打給你同學他也不接電話，我擔心死了。」

張俞哲聽到母親的哭聲，一直緊繃的情緒彷彿洩洪般，突然地放鬆下來，跟著也哭了起來。

「媽對不起，都怪我沒有聽你們的話。」

他一直哭著，就像是想要把這些時候承受的不安與壓力都拋開，直到父親也接獲通知回到家中，張俞哲才終於勉強止住哭聲。

父親一臉凝重地在他旁邊坐下，直到張俞哲完全止住淚水，也沒說話。臉上的表情比他還要憂愁，彷彿陷入這些麻煩事的是他而不是張俞哲。

還是母親看了他們這個樣子，對事情一點幫助都沒有，率先開口打開了僵局。

「阿哲你跟媽媽說，究竟發生什麼事情了？報紙上說奉神教是邪教，是真的嗎？」

其實直到現在，張俞哲也搞不清楚奉神教真正的底細。他確實感覺到奉神教有某種神祕的力量，他也正因為那個力量才會相信，卻想不到會發生這樣的事。

於是他將自己這些時間的遭遇一五一十地與父母說了一遍，有了先前傻宏要自己去自首的經驗，他特別省略了自己殺人的那段。

現在他只想弄清楚這一切到底是怎麼回事，自己又該怎麼脫離這個總是控制自己身體的「願神」。

兩老聽他說完後，紛紛陷入沉思，片刻之後，這次率先說話的是父親。

「這事情幾乎就跟之前發生過的『那件事』一樣啊，之前我還不相信，想不到事情真是這樣。」

張俞哲有些迷惘地看著他，「你是說那時候把我帶走的那個人嗎？」

父親點頭，「那時候警方跟我們說，他們調查出他創辦過一個宗教，那個教派十分神祕，所以後來他們猜測綁架的動機也許與宗教有關係。」

這件事情的後續推論並沒有人跟張俞哲說。雖然他做為當事人，警方還有很多事情是靠他脫困之後的轉述才知道的，不過由於最後都沒有人弄得清楚，明明應該是目標的張俞哲為什麼沒事，反而是男人死了，所以這樣的推論也不怎麼重要了。

然而父親接下來繼續說的事情，就令張俞哲有些毛骨悚然了。

「其實警方當時有查到那個人參加的宗教團體，但是說也奇怪，本來一個小有規模的宗教一夕間就消失了，所有相關人等都不見了。」

「怎麼會?」

「是真的。那個宗教的核心成員一夕間都消失了,後來能找到的只有幾個教徒。即使被警方盤問,他們還是堅信自己看過神蹟,願望可以透過召喚神祇實現。」

張俞哲越聽越覺得十分相近於奉神教的狀況,心底更是升起了一股寒意。

父親接著又說:「現在想想,那位楊先生很可能就是當時那個宗教的人,畢竟兩個教派這麼像。」

張俞哲心裡也是這麼想的。不過如果真是這樣,那他跟這個楊獻召,或者該說奉神教的緣分也實在太深了。

這令他不禁懷疑,也許楊獻召找到自己是有理由的,或者真像他說的,自己身上具備某種力量?那麼有問題的就不是奉神教,而是自己了。

一想到有這個可能,張俞哲的臉色不禁更加蒼白。

母親倒是適時地在這時候補充:「如果兩個真的是同一個教,那也許可以去廟裡問問看,那時候很多人都有去拜,廟祝還幫大家都做了驅邪法會。」

這條線索讓張俞哲燃起一絲希望,不管自己這個詭異的狀況到底是什麼問題，只要有地方可以處理，讓自己的身體不再不受控制就可以。

於是他立刻回問：「是哪一間廟？我們現在就可以去一趟嗎？」

「就是上次帶你去的王爺廟啦。」父親說。

以張俞哲的想像，最樂觀的情況就是廟裡能夠幫他處理好這些問題，也許自己還能夠將發生的這一切事情都推到楊獻召的頭上。

然而事情卻並不如他想像得順利。當他跟父母再次來到王爺廟，還沒來得及說出來意，上次見過的廟祝走了出來，對他連連搖頭。

「你是哪裡惹來的這些東西？」

三人互看一眼，還是張俞哲開口：「我不小心加入了一個邪教，想知道有沒有化解的方法。」

廟祝搖了搖頭，「很難，糾纏你的並不是邪靈，而是人。」

張俞哲立刻回答：「我身上發生過很多無法解釋的事情。」

「我知道。你以為這些都是靈體或者邪神作祟嗎？」

他點頭。

「你錯了。這一切都是人，是人的執念，改變了你的命格。」

這回換成張俞哲的父母有些不解，母親更是忍不住問：「你說這個命格被更改，是什麼意思？」

「意思就是說，妳兒子本來出生帶的命盤是一生平順，雖然沒有大成就，但是吃穿無虞。因為那些人的執念，讓妳兒子成了有所成就，可運途凶險早夭的命格。」

他們都嚇了一跳，同聲問：「怎麼會這樣？」

廟祝繼續說：「人的執念有許多，願望與信仰都是一種執念。他們希望你兒子幫助自己實現心願，自然將這份力量灌注到了他的身上，使他擁有神力。越多信眾相信他，他就能得到越大的神力。

「但是你們要知道，這些力量並不是你兒子的，而是那些信眾心中執念所形成，所以你兒子並無法控制這個力量，這股力量註定只能用來完成他人的願望，而業力還會反噬到他身上。」廟祝說著，看向張俞哲。

他自然是無比清晰地理解到廟祝所說的那些「反噬」究竟是什麼。但是他的父母卻並不知道，追問著：「會怎麼反噬？我兒子還有救嗎？」

張俞哲只關注後面一個問題，所以不等廟祝回答父母的問題，插嘴追問：「有辦法解決這個問題嗎？」

廟祝的視線從他們臉上掃過一圈，然後又掐指算了算，嘆了口氣說：

「坦白講，很難。人的執念一旦有了寄宿，要想拔除就十分困難了。」

張俞哲聽到這句話，忍不住提高了音量，「總不能叫我一直這樣吧？為了完成別人的願望，自己的身體都無法控制。」

「解鈴還需繫鈴人，是誰讓你背負這一切期望與執念，你必須要找到祂。」

「然後呢？找到他就可以了嗎？」

「據我推算，這個與你接觸的東西可以將人的執念轉化為力量，除了令你有神力外，這股力量能維持祂的形體。」

張俞哲當然聽不懂這一連串句子，只能又問了一次，「那我該怎麼解除這個能力？」

「與你接觸的東西非人非鬼，本身就是這些願的凝聚體。正因如此祂需要更多的願望維持自己的形體，所以必須找一個有形體的人，去做為目標，承受這些執念並再轉換給祂。」

廟祝的回答還是十分模糊，不過好在聽到這裡，張俞哲總算整理出一點頭緒，他不太確定地問：「意思是有某個東西借用我的身體吸取力量，所以我只要消滅那個東西就可以了吧？」

廟祝點頭，「也可以這麼說，但這是一件十分困難的事情。」

他們三人已經十分相信這位廟祝，所以當廟祝一臉困難地這麼說時，三人臉上都浮現了絕望的神情。

張俞哲的父母更是直接在他面前跪下，苦苦哀求著。

「拜託你，救救我兒子。他還這麼年輕，不能讓他的人生就這樣完蛋啊。求求你，救救他。」

張俞哲看著父母這樣，內心不禁湧上一股酸楚，眼眶忍不住又溼潤起來，還是他極力深呼吸地忍耐著，才平復這又要落淚的衝動。

「拜託你。無論是多困難的方法，只要還有一絲希望，我都可以去做。」他也跟著跪了下來。

轉眼間，廟祝的面前就跪了三人，還是在宮廟側門的走道上，許多路過的香客都對他們投來了好奇的目光。

廟祝也只能一臉尷尬地將他們扶起來。

「好吧，我試試看。但是這件事情能不能成功，可能還是要看你們的造化。你們隨我來。」

聽見他這麼說，張俞哲感覺自己好像又抓住了重生的希望。

如果事情能夠順利解決……他忍不住想像起最理想的美好未來。

＊　＊　＊

廟祝領著三人，來到一處位在宮廟深處，一般信眾不會進去的空間。這裡也擺放著一張桌案，上面供奉著神明的塑像。不同於房間外的大殿，這裡的神明前還擺放了各種稀奇古怪、奇形怪狀，乍看之下根本不知道是做什麼的東西。

張俞哲還是第一次來到這種地方，不禁好奇地四處張望。倒是跟著進來的父母一臉憂心，只想趕快解決這個問題，根本無心管四周的擺設。

母親一抓到時間，就開口問：「師父，你說有辦法可以化解這個東西，是什麼辦法啊？」

廟祝摸了摸下巴，望著那尊擺在桌案上的神像。

「這個事情本來不是我該管的，但是既然遇上了，就破例幫你們一把，能不能成，還要看造化了。」他說著，將掛在一旁的道袍與法器穿上。

「謝謝師父。」張俞哲父母雙手合十，連連鞠躬。

廟祝看了張俞哲一眼，「跪到神壇前，跟王爺說清楚你想要求的事情。」

張俞哲照著他說的話做，閉上眼睛，十分虔誠地將所有來龍去脈都在心底默念一遍，希望王爺能夠大發慈悲，直接替他把那個怪物降伏了。

他說完後張開眼睛，看了一眼站在自己身後，手持符咒的廟祝。

「你現在去拿筊杯，問王爺願不願意幫你。要連擲出三個聖杯，這事情才算半成。」

隨著廟祝的指示，張俞哲自案上拿起一對鮮紅的筊杯，向著地面丟擲。

怒杯。

怒杯。

怒杯。

連續三次，王爺都沒有給予這個問題答覆。

廟祝看到這個結果，臉上也是充滿了不解。

「你是怎麼跟王爺說的？」

「我跟王爺說遇上了一個能控制身體的怪物，希望王爺能夠幫我降伏他，解除我身不由己的痛苦。」

廟祝聽了，有些奇怪地說：「雖然這個事情王爺沒有辦法直接幫你，還是要自己解決，但是怎麼會都是怒杯？」

不過在場的所有人都只能看著他，沒人能給予這個問題答案。

張俞哲更是不解地又問：「我自己要怎麼解決？那不是怪物嗎？我要怎麼跟這種擁有神祕力量的東西搏鬥？萬一他直接又控制我怎麼辦？」

廟祝拍了一下他的腦袋，嚴肅地說：「現在就是在幫你處理這個問題。你要記得，那個東西的力量來源是人的執念、願望，也就是說只要沒有願望，他就無法控制你的身體。」

「原來是這樣……」他懂非懂地點頭，「那是不是說只要我不再回到教會裡面，就不會發生被控制的事情了？」

「理論上是這樣。」廟祝點頭，「但這是你的劫難，所以你如果不處理它，事情是不會結束的。」

張俞哲點頭，其實他也明白這個道理，只是對上這種科學不能解釋的東西，心裡難免還是有些害怕退縮。

他深吸了一口氣，試圖克服心中那莫名的懼怕，「那我應該怎麼做？」

「你先問王爺願不願意管這個事情。」

張俞哲照著廟祝說的話又問了一次，這次連擲出三個聖杯。

站在一旁的廟祝見狀，自桌案前拿起了一把用符咒密封包覆的物體。他將那個物體在香爐前繞了幾圈，令那些裊裊上升的香煙沾附在上面。

接著廟祝又說：「你要向王爺誠心祈求，請祂將法器借你，去降伏妖魔。」

他跟著照做，又是三個聖杯。

「這把法器供奉在壇前多年，每天受香火供奉，分享了王爺的神力。要使用它，除了必須得到王爺的同意，還必須要有修持的神力。」

「神力？我沒有啊。」張俞哲有些慌張。

「我知道。」廟祝顯得很沉穩，「一般來說信眾要來請，都要先回家齋戒沐浴三天，但是你的問題比較嚴重，王爺破例借你。現在，我要開壇幫你作法。」

一直站在旁邊看的父母這時才終於出聲：「師父，為什麼要作法？會不會有危險？」

「作法是為了驅除你兒子身上的汙穢之氣，讓法器能夠發揮力量，也可以聚集一些力量幫助你兒子。」

「原來是這樣。」兩人的表情雖然稍微放鬆了些，但還是顯得很憂慮。

倒是張侖哲也許是連擲了六個聖杯，顯得十分胸有成竹的模樣，「放心，王爺都幫我了，一定沒問題的。」

談話稍歇，只見廟祝拿起桌案上放著的鈴鐺，繞著張侖哲周身走起來。他一面搖著鈴一面走，嘴裡念念有詞。

雖然張侖哲聽不懂他念的到底是什麼，卻覺得在這樣的節奏與鈴聲中，自己的內心逐漸變得平靜安定，好像所有不安都被洗刷了，身體中蘊含著著一股力量，隨時能夠與那個怪物搏鬥。

廟祝的誦經持續了很長一段時間，最後他拿出一張黃符，在半空中比劃了一下後貼到了張侖哲的心口，並將桌案上的法器恭敬捧起，來到他的面前。

「王爺雖然同意你使用法器。但是有個條件。」

「什麼條件？」

「法器只能在斬殺妖魔時出鞘，平常不能打開這層符咒封布。使用完後也要立刻用封布重新包裹起來，不然靈力會消散。」

「明白了。」張侖哲回。

廟祝點點頭，然後又若有所思地看著他。

「這次能不能成功，主要都看你了。只要你能找到那個種下因果的非人之物，用法器刺入他的弱點，將祂消滅，你的劫難就算過去了。」

「如果我做不到呢？」張俞哲追問。

「那你的肉身就會被祂控制，永生永世，為祂所驅使。」

聽到這個回答，張俞哲不禁被嚇得面色慘白。他不敢想像自己現在就這麼痛苦了，如果永遠都被這個怪物操控，會是什麼模樣。

張俞哲用力搖頭，焦急地說：「我不想變成這樣，有沒有什麼辦法可以保證我絕對能消滅祂？」

廟祝沉吟了一陣，然後緩緩開口說。

「我跟你說，你之所以會碰到祂，是幼年種下的因……所以如果要戰勝祂，一定要記得三件事……」

＊　＊　＊

張俞哲與父母從宮廟回家後，整個人的精神都鬆弛了下來。

他緊緊地握著手中那把廟祝給他的法器，這就是他終結這一切，用來打敗楊獻召的希望。

根據廟祝所說的，楊獻召根本就不是人，而是人類願望的凝聚，不過就是能量與意念的化身。只要他用這把開光過的法器，找到力量凝聚的中心，將它破壞，楊獻召就會消失，而自己身體也不會再受控制。

他想著楊獻召那副瘦弱又年老的身型，覺得這件事情對自己來說簡直再簡單不過。如果光是比武力值，自己有神器與廟祝的作法加持，他覺得自己可以說是勝券在握了。

而今唯一剩下的問題是，楊獻召如果消失了，那殺人的罪名又該讓誰去承擔？

這個問題著實有些棘手，也脫離了他原本的預想。

張俞哲忍不住打開了電視，想瞭解一下案件最新的調查進度。

「北部再爆凶殘殺人案件，死者是現年二十三歲的莊俊宏，死者的四肢被砍下，且頭部有被人為剖開的痕跡，依照警方根據此案的凶狠程度研判，凶手與先前林女的命案極有可能為同一人所為，且不排除凶手會再次犯案，請民眾務必多加留意。」

電視機裡的畫面很快地切換，從那位女主播又轉到了外景記者身上，這次鏡頭對準了受害者的父母。

母親與父親在這時候一同坐到了張俞哲身邊，看著畫面上哭得涕淚縱橫的夫妻，嘴裡卻仍喃喃的念著「俊宏」的兩人。

他們臉上同時露出不可置信的神情，看向張俞哲。

「俊宏……是不是……？」

張俞哲的眼底湧起了一片陰暗。他感覺自己的頭腦裡有許多東西在變換，有些是畫面，有些是聲音，伴隨著這些產生的還有頭痛，與某種他不知道的情緒。

「我不知道，應該不是吧？剛好同名同姓吧？」張俞哲他只能勉強扯起一個笑容，這麼說。

可母親的神情卻顯得越來越驚慌，她拿起手機，一次次地撥通電話簿裡寫著「俊宏」的電話，始終沒有接通。

有些什麼很相似的東西自內心溢出，即使什麼都不記得了，張俞哲也記得這種感覺。

他必須阻止，阻止這一切的發生。

劇烈的頭痛中，張俞哲站了起來。即使不斷飛奔過腦海的記憶使他幾乎看不清周圍的環境，也看不清父母望向他擔心的目光。

他還是牢牢地記著那種感覺，就是這種感覺，奪去了他朋友的性命。

「俊宏……」

他甚至都沒有意識到自己在極度的混亂之中，輕輕喊出了那個名字。那曾經是他無比要好的朋友，無論什麼事情都能夠與他分享的朋友。

終於察覺到事情不太對勁，張俞哲父母緊張地喊，甚至想要伸手扶住他不斷搖晃的身體。

「阿哲你怎麼了？」

「阿哲你哪裡不舒服？」

但那一切都淪為了徒勞。他慌張抬眼，映入眼簾的不是熟悉的面孔，而是一片模糊，沒有任何五官，鮮紅色的兩張臉。

他的心底有一個聲音，急切且不間斷地喊著他。

「對不起，爸，媽，我不能再待在家裡。」

跑，快跑，再不跑不行了。

他握著好不容易從宮廟中拿到的法器，推開了父母的扶持，奪門而出。

張俞哲一路朝著人跡罕至的小路上跑，即使身後不斷傳來父母親的叫喊聲，他也不敢停下腳步。

心底那個聲音，隨著他奔跑的速度逐漸增大。

「無論你有什麼樣的願望，我都可以替你完成。向我許願吧。」

他不能再留在這裡。

不然……他會殺死自己的父母。

＊＊＊

張俞哲不知道自己跑了多久，停下腳步時才發現天色已經暗下，四周的景色也從人來人往的大馬路，來到了一處有些眼熟的小路，四周是雜草叢生的荒地，腳下踩的是黃土鋪成的路面。

他舉目望去，這附近不僅沒有任何一個人，甚至連一隻動物都看不到。

暗夜的荒地特別恐怖，加上他又只有一個人，越來越深的黑夜逐漸吞沒了他的身軀。在這樣原始且荒涼的地方，他也不可能找到一個能夠棲身的房子，多半只能露宿在野外。

他思考著自己是否應該沿著剛剛的路線往回跑，再度回到那個足夠安全且熱鬧的都市中。但他隨即想到即使宮廟替他作過法，也依舊無法壓制控制自己身體的怪物，況且根據今天下午新聞的內容，俊宏的屍體已經被找到，鎖定自己是殺人犯只是時間的問題。

事到如今，他已經不再奢求自己能夠逃脫法律的制裁，全身而退。

或者說，他也不認為犯下這種錯誤的自己，應該毫髮無傷地全身而退。畢竟他可是親手……

張俞哲搖了搖頭，他還不能夠完整地想起來那些失去的記憶。但他知道，如果有一天自己能夠想起這一切，那也許才會是自己最大的懲罰。

但是現在，他必須先解決發生在自己身上的問題。在解決那個怪物前，他不能被抓到。

想清楚行動方針，張俞哲鼓起勇氣繼續沿著小路向前走，依照他的印象，在道路的盡頭，應該會有著他曾經去過的那棟房子。雖然還不知道自己應該去向哪裡，但是起碼要找到一個有遮蔽的地方，先順利過完這一晚再說。

皇天不負苦心人，張俞哲終於在路旁找到越來越熟悉的地景。撥開這些巨大的葉子向內走，他依靠微弱的照明前進，順著這條被人新踩出的道路，他找到了記憶中那棟廢棄了許久，四周都長滿雜木的房子。

直到這次，再度踏足這裡的張俞哲才終於擺脫了雜亂的影像，真實地看清四周。沿著已經沒有遮擋的門口進入房子內部，這是一間兩層樓且一樓挑高的房屋，地面鋪滿了一層樹根織成的地毯，隨著樹種與樹齡的不同，浮突出地面的根也有高有低地起伏著。

他沿著鋪有樹根的臺階向上走，廢棄的房屋裡，所有的門板都腐朽了，只要站在樓梯處向內看，就能隱約看見走廊盡頭的房間中，似乎放著什麼東西，閃閃發亮。

雖然張俞哲十分想過去看一看，但現在時間已經晚了，整個廢墟裡昏暗不明，除了屋頂破洞後自樹冠縫隙射入的月光些微照亮了空間外，其他地方幾乎都是漆黑的。

為了保險起見，張俞哲決定還是明天白天再去看看。而且他還要買一些屯糧與用品，先在這裡落腳，以防自己還沒有找到楊獻召，就被警方抓走。

於是張俞哲又回到一樓，在月光直射的那個大洞正下方，手中握著那把法器，縮起身體模模糊糊地睡著了。

夢中，他站在這棟廢墟的正中央，頭頂上的月光已經隱沒。太陽自東方的天空升起，轉眼天色就大亮。

他完整地看清了這棟廢墟的構造，以及那些樹根相互交織、排列出的形狀。

＊＊＊

「我看看喔，繩子，露營燈、兩箱水，三條吐司，總共是六百四。幫你用袋子裝起來。」

「好。」張俞哲拿出一張大鈔遞給老闆。

「帥哥你買這麼多水跟吐司，是月底要省錢喔？」

「對啊。」

「我有個跟你差不多大的兒子也是這樣，我每次都跟他說不要亂花錢，才不會到月底就沒錢啦……你買這麼多給你打個折，整數就好了。」她說著，遞給張俞哲四百找零。

「謝謝。」張俞哲也不推辭，畢竟他現在正是缺錢的時候。

接過找零，他瞥了一眼商店內的攝影機，不自覺將頭垂得低了些，拿起櫃檯上的東西，轉身往外走。

「等一下。」

沒料想還沒走幾步，就被後方那個十分熱情的老闆叫住。

他全身僵硬地屏息等待著她究竟要幹麼，只聽到一陣匆忙的腳步聲，隨後她的身影出現在視野之中。

「這個胃藥送你一罐啦，只吃麵包容易脹氣。看到你我就想到我兒子，他這幾天都沒有打電話給我，也不知道是在忙什麼。」

因為老闆的這番話，張俞哲忍不住問：「妳兒子在外地喔？」

她點頭，「對啊，他平常很忙，可腸胃不太好，還喜歡亂吃東西，看到你這樣，就讓我想到他。不要覺得阿姨多事啊，健康真的很重要。」

雖然她的表情十分的誠懇，但是張俞哲心中卻升起一股詭異感，耳邊一陣嗡嗡作響，總感覺好像有某些地方不太對勁。

他的聲音有些許的顫抖，「阿姨，妳兒子叫什麼名字啊？」

她是一個很健談的人，很乾脆就回答：「我兒子叫陳家華。你怎麼突然問這個？你們認識嗎？」

「不，沒有。我們不認識，謝謝妳的胃藥。」張俞哲立刻低下了頭，匆匆地離開了商店。

他還對這個名字還有印象。

這個跟自己差不多年紀的人曾經參加過祈願大會，願望是希望自己的腸胃可以好一點。

如今奉神教面臨調查，這個人怎麼樣了呢？他有好好地繼續生活嗎？還是跟那些人一樣，搬到農場裡去住，又或者……？

他甩了甩頭，撇開那些出現在腦內的想法，現在的他沒有時間考慮這些，他必須將這些必要物資盡快帶回廢墟。

張俞哲一邊留意著四周，一邊向前走。果然就在剛經過另一家小吃店時，聽到了店內播放的新聞。

「……據瞭解，警方已經對奉神教的主要幹部發布通緝令。民眾如有見到以下幾人，請務必通報警方，協助破案。」

他向店內那臺電視看了眼，螢幕上顯示出四張照片，分別是自己、楊獻召，以及那兩位護法。

見狀，張俞哲不敢再多留，只能加快腳步回到那個偏僻的廢墟中。

不過這也令他思考起一件事：照這個情況看來，不光是自己逃跑了，楊獻召與兩位護法也都逃跑了。

如果是這樣，自己又該去哪裡找到楊獻召呢？

又或者根本就不是人的楊獻召，已經捨棄了人類世界的身分，變回那個虛無的存在呢？

他思考著這個問題，不知不覺漸漸離開市中心，就在街道的邊緣，一處公車站前，他看到一群熟悉的身影。

那些人的身上清一色穿著著奉神教的服裝，有些人手上拿著旗幟，有些舉著看板。通通面向馬路，似乎在等待什麼。

張俞哲低著頭從他們旁邊經過時，還聽到其中一個似乎是領頭的人說：「憑什麼查封農場？他們沒有給一個說法，等等我們一定好好抗議，絕不罷休。怎麼能讓他們這樣迫害我們？」

一群人的目光全集中在那個說話的人身上，一時間竟然沒有任何人注意到張俞哲的身影，就讓張俞哲這樣快步從旁邊走過。

一直到離那群人好一段距離，他才鬆了口氣，恢復原來的行走速度。從剛剛自己聽到的內容聽來，這群人應該是打算去某個地方抗議警方對奉神教一連串的調查行為。

即使到這種程度，奉神教的信眾還是對這個宗教不離不棄。也讓他更進一步明白，想要用不再令人相信的方式，去除自己身上之物的力量是不可能的。

也就是說，要解決這個問題，找到楊獻召成了必須且首要的問題。張俞哲越想，就越是陷入了煩惱之中。如今自己跟楊獻召都被通緝，如果要見面，恐怕也只能在牢裡面相見了。

問題是不要說到時候有沒有兩人獨處的時間可以下手，他身上那把神器恐怕會被收繳吧。

時間在反覆的思索中飛逝，一直到張俞哲回到做為據點的廢墟，都沒有想出什麼解法。

目前的狀況就是，他不知道楊獻召在哪裡，也無法出去找他。但是在剛剛的思考中他想到了一個重點。

自己身上的力量是因為信徒對願望的執著，再被楊獻召轉化為他的力量控制自己。那們只要他們都不出面，也不被找到，就不會再有新的祈願，自然他身的力量也無法控制他，當然楊獻召說不定也會因為時間拖得太久，漸漸被人們遺忘而失去力量。

也就是說，這是一場誰撐得比較久、誰就贏了的比賽。

想到這，張俞哲看了看這棟位置隱密的廢墟，只能咬著牙繼續撐下去。哪怕自己最後死在這裡，也不能再被體內的力量控制而殺人。

他與自己約定，也對自己保證：接下來非到必要，絕對不踏出這個廢墟一步。

做完這個約定，他又重新想起自己昨天晚上曾經在二樓深處看見，那個發著光的物體。

正好趁著現在白天，他可以好好看清楚那究竟是什麼東西。

他站在二樓，一股冷風順著破掉的窗戶吹來，空氣中夾帶著一股腐朽的霉味。這次他看清楚了，那個擺放在深處的東西在大亮的天光中泛著漆黑的色澤，即使只有幽微的光線透過縫隙照進深處，那東西也依舊透著亮光。

那天傍晚，自己看見的就是這個反光。

隨著他逐漸進到房間中，他也終於看清這東西形狀。

這是一尊幾乎有一人高的巨大雕像。無法辨別出是用什麼材質雕刻而成的，觸摸時感覺泛著些微的涼意，十分堅硬，透著一種不尋常的黑。遠看時逆光，近看時卻會感覺好像周圍的光都被吸入了，雕像周圍都好像顯得比其他地方暗了一個色階。

「這到底是什麼……」他繞著雕像轉一圈，卻絲毫看不出刻的究竟是什麼。

就在他全方位觀察這個雕像時，冷不防腳邊踢到了一個東西。他彎腰下去看，才發現自己踢翻的是一個爐鼎。

也就是說，面前的這座東西很可能是某個宗教的神祇。

於是，他又研究了一陣子，總算在這坨烏漆抹黑的東西上看出了一個大概輪廓。

那似乎是某種與人類相似的東西，只是它的頭比一般人要長得多，應該是臉的地方沒有任何五官，只有一張自頭部一路裂到胸口、長滿尖牙的嘴。從那張嘴裡又伸出許多如同觸鬚的東西，仔細看才發現那好像是人的手，有的大有的小，有的將輪廓都扭曲，有的手掌向上，如同乞要著什麼；有些向下，好似要給予些什麼。身體也像是重合了兩三個人一樣，有些同樣空白的臉自雕像的背後突出，還有如同樹枝般尖銳且不規則的手腳。

張俞哲從未在任何一個宗教看過這樣造型奇異的神像，正確來說他不能確定這個東西是否真的是他理解的那樣。

他難以想像擁有這樣神祇的宗教究竟是什麼模樣的。卻就在這時，站在雕像側邊的他從這個角度看去，突然發現這個雕像的剪影特別像是奉神教制服，如同印在胸前那個圖騰的一部分。

先前，他就一直不知道那到底是什麼意思，只聽說標誌是楊獻召想出來的，卻從來沒有人提過這個標誌代表的意義，就連經典或者教義上都沒有寫。

一個奇異的念頭突然浮上了他的腦中。

如果這個雕像就是奉神教的前身，那楊獻召是否也有可能回到這裡來？也許會是最近？

想到這，他匆匆沿著原路回到一樓，想著也許可以設計一個警報裝置，這樣楊獻召來到這裡，他就能夠知道。但才走到向下的樓梯口，他馬上發現了另一樁更為震驚的事情。

從二樓向一樓看，他發現那些盤踞在地面的樹根所排成的形狀，就像是一個特異的召喚陣法一樣，並且這個圖形也是他十分眼熟的，就是與上面那個剪影重疊，一同印在制服上的圖騰。

「是這樣嗎……」

他想起男人當初帶自己來這裡時，自己並沒有仔細觀察過周圍，更沒有上來過二樓。這裡的一切對他來說都是這麼的陌生，但唯有這個圖騰，不僅是因為他曾經在衣服上看過，重臨現場更是給他一種熟悉的感覺，即便他的記憶並不完全，但對這個圖騰的熟悉感仍是揮之不去。

他想了想，總覺得這一切事件應該有某種關聯。也許自己現在之所以會遇到這種事情，就跟那時候的男人，以及這個地方發生的事情有關。

張俞哲環顧四周，想不到糾纏自己這麼久的惡夢，轉了一圈，他又回到惡夢的原點。

而這一次，他一定要徹底地完結它，絕對不能再讓這件事情困住自己的人生。

第十章

張俞哲在這個地方已經待了快一個星期。

廢墟裡面沒水沒電，蚊子還特別多，三餐只吃吐司與冷開水過活，就算先前計畫得如何完美，他還是覺得自己的意志力已經快要到極限。

他無法知道街上現在究竟是什麼情況，父母那邊很大可能已經被警方控制。就算去街上隨便找間旅館棲身，自己的樣子已經被公開，也有很大的機會被抓。

難道要這樣放棄嗎？他很快就一面拍打著自己的臉，一面搖頭，要自己堅持下去。這不僅是為了自己，也是為了其他人，以及那些已經失去性命的人。

為了分散自己的注意力，他將整個廢墟都仔細地觀察了一遍，將這裡的每一處地形都摸透了。比如說這棵以樹冠代替屋頂的大樹，後方有著一個小小凹洞，可供人躲藏。

又或者是從大門進來的那片脫落的門板，他又重新以繩子將它綁上，只是綁住門板的繩結是個活結，只要稍稍觸碰了門板，就會馬上掉下來發出聲音，用意在通知自己有人進到這個廢墟中。

做完這些準備後，張俞哲覺得自己的心裡稍微踏實了些，現在只要楊獻召一進到這間屋子，他就馬上能夠發現。

而剩下的時間裡，他總是不斷提醒自己，要在這樣的環境堅持下來。

終於，在不知道又過了多久後，屋外響起了木板落地的聲音。

他馬上閃身躲到那棵樹後面，靜等著那終將要面對的挑戰。

模糊的人影從門外進入屋內，他們站定在那片由樹根拼湊出圖案的空地。正對著生長的那株大樹，光線透過斑駁的葉影落下，在他們身上與地面形成深淺不一的色塊。

張俞哲稍稍探出頭，看清了進來的人影並非只有楊獻召一人，還有那兩個護法，他們正一左一右地站在他身旁。

楊獻召環顧四周，隨後將目光鎖定在正前方這棵大樹身上，「出來吧，我知道你在這裡。」

躲在樹後面打算偷襲的張俞哲聽見了，猛的一驚，卻並沒有如他說的現身，而是更往凹陷中擠了些，將自己的身體藏好。

楊獻召見這一喊沒有效果，又說：「我知道你就躲在這棵樹後面，你那時候也是躲在這個地方，記得嗎？」

他的話語勾起了張俞哲的記憶，那些破碎殘缺的畫面裡，自己拖著因為恐懼而不聽使喚的雙腿，半拖半爬地將自己塞入這個凹陷中。

對當時的自己來說，這個洞是一個又寬闊又安全的地方，足以保護自己不被傷害……沒有想到那時的習慣竟然無意識地延續到了現在，他仍是選擇躲在同樣的地方。

不過既然自己躲藏的地方已經被拆穿了，他也只好從樹的後方站了出去。

「既然你都發現我了，我也沒什麼好躲了。我等你們很久了。」他聽到自己沙啞的聲音，顯得疲累且低沉，但在那之中卻有著一抹解脫。

他們又向前走了幾步，才在離他只有幾步的地方停下。

「我們花了一點功夫，才有辦法脫身來到這裡。」

這些並不是張俞哲想知道的，他將手伸向藏在身上的法器，解開了包覆著的封布。

兩人間的氣氛一觸即發，只要楊獻召再上前幾步，他就有自信可以用法器刺中他的要害。

只要他再上前幾步。

「你是知道我在這裡，還是有什麼事情必須回到這裡？」

楊獻召的臉色冷冷的，一反他平常那副親切和藹的模樣。此刻他沒有任何笑意的表情，更顯得那過分瘦削的臉龐有著一種病態且恐怖的感覺。

「我知道你會來這裡。」

雖然張俞哲非常想要現在就將他解決掉，但是楊獻召卻遲遲沒有再向前，為了避免引起他的警戒，再加上他也想知道自己之所以捲入這一切的原因，他先按捺下了自己發起攻擊的衝動。

「為什麼是我？這麼多人可以選，為什麼非要選我當願神？」

「我記得跟你說過很多次了，你符合典籍上記載的所有條件。」

「你不要再用那種答案騙我了。事到如今，奉神教都被調查了，你還要繼續說謊嗎？」

楊獻召沉默了一會兒，才說：「你知道奉神教的由來嗎？」

「是不是跟這棟廢墟裡的神像有關係？」

他點頭，「這裡是奉神教最初創始的地方，一開始大家信奉的，就是那尊神像，他們叫祂坤因天尊。

「坤因天尊可以解決人生的大小難題，並且十分靈驗，所以弟子越來越多。但是很少人知道坤因天尊原來只是一個人杜撰出來的，可接受了香火，被人信奉後，竟然真的誕生了名為坤因的神祇。」

楊獻召說著，指向張俞哲站立的地面，那些由樹根排列成的圖騰，「受到滯留在這裡的強大執念影響，樹木也結成了當初教眾召喚坤因天尊的法陣。」

「既然一開始拜的是坤因天尊，為什麼又要找我？」這也是他最不能理解的地方。

如果當初的崇拜已經誕生出神祇，為何還需要一個願神呢？

楊獻召沉默了一陣，然後用著一種乾啞的聲音緩緩地說：「坤因天尊是需要召喚的，祂因為人類的願望而誕生，卻不能長存於這個世界。因此每一次許願都需要召喚坤因天尊。」

這件事情立刻就勾起了張俞哲那些不願意想起，卻總是反覆襲來的記憶。

「你們用活人獻祭，召喚坤因天尊嗎？」

出乎意料的，楊獻召卻搖了搖頭，「你可能誤會了。雖然最開始坤因天尊是一個虛構的神祇，但是這個宗教的本意就像你讀到的那些經典所說，是一個令人實現心願、解脫煩惱的宗教。」

「你不用再說這些冠冕堂皇的話，我不可能再相信你！曾經把我綁來這裡的男人，是不是也是你安排的？」張俞哲有些激動地說。

楊獻召仍是搖頭，「嚴格來說，將你綁來的男人是奉神教最初的創教者與召集人。」

「什麼？」

楊獻召接著說：「坤因天尊雖然靈驗，但就如我所說的，無法長存於這個世界，所以法力有限，並非每個信眾的願望都可以達成。長久下來信徒的願望越來越大，坤因天尊的神力卻十分有限，漸漸地，虔誠的信眾少了，加上坤因天尊的法相太過奇特，不容易拉到新信徒，教壇難以繼續維持下去。」

聽到這裡，張俞哲內心隱約有個念頭浮現，「也就是說，那個綁架我的男人……」

「他眼看著教壇沒落，沒有足夠的願力與執念支持，他決定透過某種方式，加深執念來召喚坤因天尊，重新振作教壇。」

「可是，那他為什麼要綁架我？」

「因為他的信仰不夠堅定。召喚坤因天尊並不需要殺生，只需要強烈的願望，越是執著且純粹的願望，越能夠凝聚出力量。」

「不對！你說謊。」張俞哲搖著頭，語氣堅定地反駁：「如果真的如你所說，為什麼那個男人要抓我？又為什麼他要將自己獻祭出去？」

「他並不是將自己獻祭出去，而是因為他是唯一知曉坤因天尊所有起源的人，即使之後見到了信眾得以如願的神蹟，卻無法擺脫心中最深處對坤因天尊的懷疑。

「他需要一個堅定且迫切的願望。對於人來說，沒有什麼事情會比活下去更加迫切且堅定。所以他讓自己陷入了生死之間，想藉由這樣強大的願望，再次使坤因天尊存在。」

張俞哲聽得目瞪口呆，但仍然隱約覺得好似有些地方不太對勁。

「那我呢？他為什麼要綁架我？」

「他跟你說了一個許願精靈的故事，你相信了，虔誠地希望能夠見到這個精靈。你與他，一個是強烈且急迫的慾望，一個是純粹且堅定的信念。正因為有你們，坤因天尊才能夠重新回到這個世間。也就是後來你所知道的：『願神』。」

張俞哲不可置信地看著他，好半天才說出：「所以……是我……是我召喚出了這個怪物……」

從剛剛就一直站在原地沒有動作的楊獻召終於向前走了一步，「祂是不是怪物，取決的是人的願望。人們希望祂成為怪物，那祂就是；可如果人們可以藉由實現願望來理解解脫的方法，那祂就是勸人向善的神祇。」

「胡說八道！」也許是因為剛剛的對話令張俞哲受了不小的衝擊，此刻他的情緒異常高昂，激動地全身顫抖，「這種邪教還說什麼勸人向善？就是你用這股邪力控制住我的身體，殺了俊宏！」

楊獻召嘆了口氣，緩慢卻沉穩地持續走向他，「能夠被實現的，都是人的願望，是強烈的渴求。是『他們』的，也是你的。」

他走到張俞哲面前的一剎那，原本站立在原地沒有動靜的人突然在這時候搶步來到他的面前，眼中那張年輕的面孔不斷放大，直到楊獻召再也看不見他的臉與動作，視野裡只剩下對方健壯的軀幹。

楊獻召感覺到胸口劇烈地刺痛起來，伴隨著冰涼的感覺，一點點沿著胸前，向四肢擴散。他試著彎下身體，看清楚在自己身上到底發生了什麼事情。

卻只聽見一道冷冷的聲音，自張俞哲的口中響起。

「消失吧，不要再控制我的身體了。」

因距離而顯得巨大的身軀快速向後退開，楊獻召終於看見了自己的身體……還有張俞哲手上那把閃爍著冰冷鋒芒的法器。

＊＊＊

無數的黑雲自天邊如同要遮蓋整座天幕般飄來。濃厚的雲層將天空壓得低低的，彷彿人們只要抬起手就能夠觸摸到那些飄浮的雲朵。

厚重的烏雲也帶來水氣，不過頃刻就化為滂沱的大雨，自頭頂澆下。

雨下得很大，幾乎將整座廢墟的屋頂都沖毀，無數磚瓦自張俞哲頭頂被大雨沖落，就算站在樹冠下，也不能免除全身被淋溼的命運。

楊獻召摀著不斷流失鮮血的傷口，但最後仍舊癱倒在地上。他胸前印有奉神教圖騰的衣服破了一個大洞，自那個洞裡滲出的血跡在大雨的沖刷之下，沿著地面纏繞的樹根鋪開。他的身體也隨之逐漸泛白，漸漸失去了動彈。

奇怪的是，陪著楊獻召一同前來的奉昇與獻古即使見到了這個場面，也依然動也不動地站在門口。

他們既不關心楊獻召的傷勢，好像也沒有打算制伏張俞哲的意思，就只是這樣靜靜地注視著這一切。

雨水形成的簾幕些微地遮擋住雙方的視野，而即使是這樣視線不明的陰雨天，那兩人也始終不曾拿掉臉上的防風眼鏡，令張俞哲無法看清他們的眼神。

幾分鐘之後，還是張俞哲先受不了，對著那兩人說：「楊獻召是怪物，我除掉他是為民除害，你們也醒醒，不要再相信奉神教了。」

出乎意料的，他們的語氣很是平靜，並且仍是一如既往的同聲發言，「為什麼說主召是怪物？」

張俞哲見兩人有意與自己對話，當即滔滔不絕地解釋起來，「我去宮廟問過，那裡的廟祝說整個奉神教只是楊獻召用來吸取信徒願望的手段，他還告訴我這個人就是怪物，根本不是人，就是他控制我做出那些事情的。」

站在那裡的兩人對看一眼，又同聲說：「不對，主召不是怪物。」

張俞哲與他們說這麼多的主要原因還是希望他們能幫忙自己，起碼不要一起衝上來幫楊獻召報仇就可以了。所以見到他們不相信自己的話，只能更加努力地解釋。

「是真的。廟祝還給了我這個法器，說只要做到三件事就可以消滅他。」

這回只有獻古一人問：「哪三件事？」

「第一件是用法器刺入楊獻召的要害，第二是必須親眼見到他消失，第三……」

張俞哲話說到一半，原本一直站在門口沒有動作的奉昇突然快速地朝他走來，那速度快得不可思議。他幾乎是剛意識到奉昇的動作，人就來到他面前，令他連後面的話都來不及說完，就被奉昇揮來的拳頭打倒在地上。

張俞哲艱難地自衝擊中爬起，抬頭看著奉昇。只見他臉上戴著的防風眼鏡因為剛剛激烈的動作而歪斜，露出一直隱藏在不透明鏡片下的那一雙眼睛。

那根本不是一雙正常人類的眼睛。或者該說，那根本不是一對眼睛。

本來應該長有眼球的地方只剩下兩個凹陷的空洞，即使是滂沱且幽暗的天色下，張俞哲也能清晰地看見那個洞裡什麼都沒有。

沒有眼球，也沒有神經肌肉，甚至看不見應該存在的裡面的那些人體組織。就像是一個小型的黑洞，漆黑的裡面照不進一絲光線。

「你……」他被驚嚇得說不出一句完整的話，下意識地往後退。

這時站在一旁的獻古開口說：「主召不是怪物。祂是我們的神，坤因天尊。」

奉昇緊接著下一句，「坤因天尊需要肉身依託，跟祂有緣的你才會獲選。」

「但是你卻不感恩。」獻古說。

「那就不需要你了。」

隨著奉昇的話語落下，一旁本來沒有動作的獻古也向張俞哲走來。

張俞哲的目光緊鎖著奉昇臉上那一對暴露的深邃黑洞。怎麼想都覺得那不應該是人類會出現的型態……莫非這兩個人是與楊獻召一樣的怪物？

他握緊手中的法器害怕地後退，眼看局勢就要變成一打二，而且還是兩個與楊獻召一樣，非人的怪物。

兩人與張俞哲的距離逐漸拉近，他也逐漸看出滂沱的雨勢中，兩人的形體已經與最初的模樣不同了。

他們就像是細長的樹木一樣，原本就枯瘦的身子不斷向四周延展，很快就喪失了人類的形體，成為一團黑色且邊緣模糊的影子。比起楊獻召，這兩個不斷向他逼近的東西更像是怪物。

張俞哲努力撐起身體，心中的恐懼在見到他們完全喪失人形的這一秒不知為何都退下了。也許是已經見過太多次超自然的力量而麻木了，也或許在他的潛意識中，比起殺死確知的怪物，他更害怕的是殺人。

他緊握著那把唯一能夠拯救自己的法器，朝著其中一個已經看不出是誰的黑影衝去。

手中的短劍在對方用樹枝狀的漆黑手臂觸碰自己之時，發出耀眼的光芒，令那些接近他的黑氣通通消散。

不僅張俞哲沒料到法器竟然會有這種功能，那兩個朝他進攻的怪物顯然也沒有預料到。漆黑的身影同時愣了一秒，並且微微地向後退開一步。

「那是什麼東西？」兩道黑影同聲說。

張俞哲整個人都有信心了，他揮舞著手中的法器，朝著那兩個黑影劈砍，而黑影則完全無法招架，只能一步步地被張俞哲逼入了死角。
眼看他們氣勢明顯較先前弱了大半，如今蜷縮在廢墟的陰影中，頗有討饒的意思。
但張俞哲是不可能放過他們的。他舉起法器，就在即將結束這一切時，不知道哪裡傳來一道聲音，緩慢卻清晰地說。
「你難道不想重新來過嗎？只要向坤因天尊祈願，一切都可以回到還沒有開始的時候。你不會被綁架，也不會捲入任何奇特的事件，能夠平順地過完這一生……最重要的是，你的朋友俊宏，可以不用死。」
張俞哲揮下的手遲疑了。他想著，自己因為太過天真而捲入這個邪教完全是咎由自取，但俊宏卻是因為一心想要拯救自己，才會被這些怪物殺害。
黑影又說：「你要是現在消滅我們，一切就真的無法改變了。只要祈願，不只你朋友可以復活，你也不會變成殺人犯，你的父母也不用面對之後的處境。為何不歸順坤因天尊，消除這一切本不該是你的煩惱呢？」
如果能夠改變歷史，讓他們都復活……自己也不用變成殺人犯，不會成為令父母丟臉的兒子。
張俞哲的腦中浮現了許多未來的情景。他知道自己這一次即使成功除去了這些怪物，恐怕也無法全身而退。真的好後悔那時候的自己，為什麼不聽父母與朋友的話，堅持要加入奉神教。

但是一想到俊宏，他原本渾沌的雙眼頓時就清明了起來。一直高舉沒有落下的法器，也在想起俊宏臉龐的那一剎那，斬釘截鐵地落下了。

兩道黑影的身軀被一道光芒劃過，那一片濃郁的黑色散開。他們的身影消失了，只留下一層扁平、咖啡色的東西，平鋪在地上，在滂沱大雨中被淋溼，像是一攤爛肉般。

眼見所有的怪物終於都被自己打倒，張俞哲終於放鬆下來。他再也握不住手中的法器，任由它落在溼潤的地上。

黑影消散，那些聚積在天空的烏雲也如同受到影響般，一點點地減少，天空降下的雨珠也逐漸變小，滂沱的大雨終於停下。烏雲後探出頭的陽光自屋頂的破洞射入屋中，光線照亮楊獻召的身軀，將他身上那些沾溼的水痕照耀得閃閃發光。

張俞哲被發亮的閃光吸引到他面前。經過這一場大雨的洗禮，以及他與影子的搏鬥的這段時間，這個蒼老的中年男人已然沒有任何可能被救活的機會。

他睜著一雙閉不上眼睛，只有微微突出的眼球，仍執著地盯著已經沒有張俞哲的前方。

「結果，原來怪物不是你……」

激烈的戰鬥過後，一股深沉的後悔襲上了他的心頭。

他不禁想，如果自己沒有參加這個教會，如果這一切都沒有發生，如果打從一開始自己就沒有因為相信那個男人，來到這個廢墟……

如果沒有就好了。好希望小時候的自己不曾相信那個男人所說的一切。沒有相信就好了，沒有來過就好了……張俞哲不禁在內心的深處，這麼深深的祈禱著。

張俞哲在楊獻召那對失去光芒的雙眼中，看見了自己接下來將要面對的一切——一個毫無希望的未來。

他轉過身，絕望地閉上眼，即使是雨後初綻的陽光，都無法照亮他心底對於未來的黑暗。

然而就在這時，某種細碎的摩擦聲自周圍傳來，伴隨著一種似有若無，彷彿被輕紗觸碰的感覺，不斷搔弄著他的手臂。

他忍不住睜開了眼睛。

卻發現本來還亮著的天色忽然就暗下。那片黑暗像是有著實體一般，隱約還能見到一縷縷如霧氣般的深黑，自伸手不見五指的眼前飄過。

「這是怎麼回事……」

自張俞哲的視角無法見到的是，此刻的他正被一個漆黑的影子包圍。隨著黑影如液體一樣一層層地向下蔓延，越來越濃郁的黑將他包裹起來，那漆黑的形體逐漸變換出屬於它的形體。

那像是一個人的形體，又或者是無數個人相互重疊著。模糊的臉龐自那平坦的背上隆起，像是掙扎般，不斷向外延伸扭動，隨著那些忽起忽落的臉龐，黑影自中央裂開了一條縫隙。

那當中，探出來的……正是張俞哲的臉龐。

而他也是在這時候才看清，自己已經被這個黑色影子由頭到腳地包圍，從他臉頰兩旁的地方還不斷伸出一隻隻黑色扭曲的手掌。

他覺得這個情景自己好像在那裡曾經見到過……

黑影裂開的中央深處，彷彿是來自張俞哲心底深處，又或者是從彼岸深淵響徹的聲音。

「你的願望，我答應了。」

他想起那時候宮廟的廟祝提醒過他，最重要的第三條……

「要打敗那東西最重要的，就是第三條：不能有願望。但凡是願望就會化為祂的能量，就連你自己的願望，也不例外。」

張俞哲因驚恐而瞪大了雙眼，即使再怎麼掙動手腳都無法脫離這如爛泥般黏稠的包裹，張大的嘴巴也僅僅只能牽動著臉部的肌肉，發不出半點聲音……

只能任由它一點點闔上那條裂縫……將他盡數吞噬。

尾聲

張俞哲在一片黑暗的地方睜開了眼。

四周是搖曳的燭火如同一對對閃亮的眼睛，閃爍著不懷好意的目光，監視著他。

他感覺自己的四肢似乎被固定在某個地方，無論怎麼出力掙扎，都無法掙脫那個固定住四肢的力量。

雙眼逐漸適應了昏暗的燈光後，他藉著昏暗的燭火看清那些在黑暗中晃動的影子。

那些通通都是人，一個接著一個排列的人頭，他們通通都低著頭，虔誠地吟誦著些什麼。

狹小的空間中重複迴盪著相互交疊的聲音，他豎起了耳朵，仔細地聽著那些細碎且重複的音調。

「證我神明道，盡拋無用身，」
「明悟現神通，與神共和生，」
「開你左耳聽陰府，右耳聽陽間，」
「開你左手提錢財，右手提殃災，」
「開你肉身生蓮花，白骨化舍利，」
「今生所欲願成者，萬眾歸心神現跡。」
昏暗的室內乍然亮起，張俞哲好不容易適應了黑暗的雙眼被刺激得瞇了起來。
「獻上爾等所有！恭請願神大人回歸。」
自光中走來的，是楊獻召。
他一如先前那樣沉靜且平和的模樣，用著頗具威嚴的聲音，蓋過那些流竄在室內，不間斷的吟誦。
「請願神大人指點行跡，讓眾弟子得以迎回您。」
楊獻召說完，踏著穩健的步伐，一步步地朝著張俞哲靠近。
這一瞬間，張俞哲的腦海中跑過了所有與這個男人相關的畫面。那張不斷重複出現在腦海中的臉龐，意外地勾起了更加久遠前的記憶。

那存在於久遠以前記憶中的臉型與楊獻召重疊，雖然歲月令兩張臉孔出現了變化，但是這一刻，他清晰地記起男人在自己面前死去時，那逐漸僵硬的五官。

「你是那個男人……那個綁架我的男人。」

就與現在楊獻召這張平板且毫無表情的面孔一樣。唯一不同的，只有現在的楊獻召臉上多了許多那時沒有的皺紋。

張俞哲近乎絕望地尖叫。再沒有任何言語能夠表達他心底此刻最深刻的恐懼。

楊獻召並不理會他，只是舉起了自己的右手。自那隻舉起的手上，閃過了一抹不同於橘紅火光的銀白色光芒。

「現在，你將要領受願神給予的指引與神蹟。」

楊獻召手中的銀光一閃，隨即，只聽到張俞哲更加激烈的尖叫。

尖銳的聲音劃破漆黑的夜色，迴盪在室內。像是為蓋過張俞哲的叫聲一樣，眾人的朗誦聲也逐漸的增大。

「證我神明道，盡拋無用身，」

楊獻召揮舞著手中的銀光，落下。

「開你左耳聽陰府，右耳聽陽間，」

刀刃劃過他的雙耳，將那一塊帶著軟骨的肉如切奶油般，輕易割下。

「開你左手提錢財，右手提殃災，」

刀刃蜿蜒過雙手，沿著那些青色的血管切割，隨著綻開的肌膚向外汩汩的滲著鮮血，張俞哲呼喊的聲音也隨之逐漸變小。

「開你肉身生蓮花，白骨化舍利。」

楊獻召一面重複著與眾人相同的咒語，一面自被刀鋒剖開的體內取出無數團鮮血淋漓的內臟與骨骼。

取出的內臟被棄置地上，也有些零碎的肉塊在一次次的丟拋中濺上那些信眾的身體與臉，但那些人卻都像是未曾感覺到一般。

他們只是執著地看著那些鮮紅的痕跡，一遍又一遍地追隨著每一次血肉被刀刃分離的動作。

「今生所欲願成者，萬眾歸心神現跡。」

窗外，一道落雷打在附近，亮極了的閃光頃刻間將整個室內照亮。

同時也亮起張俞哲仰躺在檯子上，那雙圓睜的眼。

此時，由楊獻召帶領的信眾紛紛高聲呼喊。

「我們的神，將會再次降臨。」

「迎接真神！」

＊　＊　＊

「朋友，信教嗎？」

人來人往的街頭上，一個穿著胸前印有奇異圖騰衣服的男人，正向人來人往的行人派發傳單。

「這世界上有一位神明，專門幫人完成願望，只要對他許願，就能見到神蹟。」

男人身邊圍著一些人，看來對這個新崛起的宗教十分有興趣，但也有些路過的人，一面走還一面暗罵著：「神棍。」

可無論人們是什麼樣的態度，都不影響男人的傳教行為。

他的臉上掛著親切的笑容，拉住每一個經過他周圍的人，將手上的傳單遞給他們。

「但凡入教者，都能與神明祈願，無論你的願望是什麼，都能夠實現。」

他緊接著高聲說：「如果你的願望達成，就必須起誓一輩子不背叛我們的真神，不可存在懷疑心，要永遠忠誠於教會。但我相信在見證過神蹟後，沒有人會想要離開教會的。」

「就像是我一開始也只是一個毫不起眼，胃腸不好還有點遜的平凡人。但是自從接觸教會，不僅身體變好了，人也變得有自信了。」

男人滔滔不絕地說著：「就算現在不能決定，也可以先入教體驗，由我們主召開導各位，關於我教的經典以及教義。」

隨著他熱情又毫不間斷的宣傳詞，周邊的人群越聚越多，其中有不少都接下了他遞去的傳單。

豔麗的陽光下，男人的眼底也充滿著光芒，就如同他對教會的熱情及希望。

那樣的氣息也多少感染了路人，給那些即使還未決定要加入的人，留下了十分正面的印象。

隨著時間一點點過去，他手中的傳單也漸漸發完，不僅讓更多人認識了自己信仰的宗教，也拉了不少有興趣的人，回到教會深入瞭解。

做為教會據點，一棟郊區的獨棟透天厝，一樓的大廳被做為接待室，擺著一張桌子，以及一整櫃關於教會的書籍。

「我回來了！還帶了一些有興趣入教的朋友。」他領著這些人，充滿朝氣地向屋內的人說。

只見一個蒼老且枯瘦的男人自屋內迎了上來。他來到眾人面前，用著一派慈祥和藹的聲音說：「各位來到這裡辛苦了。今天能來這裡的人，都是有福的人。」

眾人隨著他的帶領，一點點地朝著一樓的大廳內部走。

這時，人群中一名面目清秀的少年突然跪了下來。他身上的衣服十分破爛，頭髮也亂糟糟的，從他緊鎖的眉頭能夠感覺出來，他的生活過得並不如意。

「我真的很想要錢，希望能保佑我立刻賺到大錢。」

髮色花白的男人轉過頭來注視著他，同時，從屋子的二樓走下來三個頭戴灰帽，臉上掛著黑色防風眼鏡的男人。

三個如同複製一樣，不僅打扮穿著完全一致，就連神色都幾乎沒有差異的男人們一同將跪下的少年圍了起來。其中一個男人更是伸手，將他自地上拉起。

從少年的角度看去，他全然無法分辨這三人的差別，但他的視線掃過這隻伸來將自己拉起的手，只見掌心有著一條淺淺的疤痕，傷口平整，看來就像是被利刃弄傷。

「我叫做楊獻召，是這個教會的主召。既然你有這麼強烈的心願，那請你務必參與我們『現神教』的祈願之夜……」

番外　誕生

楊俊章站在被燒得一片焦黑的房間外，內心一直以來積壓的不平衡，終於在此刻爆發。

「為什麼老天要這樣對我？我做錯了什麼？」

他覺得自己的人生肯定出了什麼問題。已經三十多歲，不僅工作不穩定，連一個知心的朋友都沒有，現在連住的地方都因為這一場突如其來的大火，化為烏有……此刻，他感覺到了人生至今最大的惡意：他不僅要面對財務付之一炬的困境，更直接的問題是：他今天沒有地方住。

萬念俱灰的楊俊章拿出手機，手指操作著按鍵進入電話簿搜尋，但是無論他怎麼反覆查找，聯絡名單裡就只有工作地方的同事、上司，以及一個最近剛認識的，在路上拉人、說自己可以去神壇看看的人。

他連續給上司和同事打電話，不出意外，電話都沒有人接。心灰意冷下，他放棄了繼續打電話，但還是抱著姑且一試的心態，給最後一位新朋友發了簡訊，起碼簡訊不回比起電話不接來說，顯得不這麼傷人。

雖然發了簡訊，但他根本不認為會得到回應。他心想這種情況，自己也只能去公園過一晚，等明天再想辦法找新的住處。

可出乎意料的，簡訊才發出去沒多久，那邊就有回覆。對方不僅打出神壇的地址，還詳細解說應該怎麼到達，最後還十分親切地附註，神壇可以讓楊俊章暫住，直到他找到新家為止。

這是楊俊章想都沒想過的待遇，想不到一個素昧平生的人竟然會對自己這麼親切，甚至比跟自己相處過的同事跟上司都還要好，這不禁令他對這個新朋友有了幾分好感與感激。

他照著簡訊上的地址，找到了神壇所在的地方。從外觀看起來就是一棟普通的民宅，完全看不出來這邊有什麼玄機。等楊俊章按下門鈴，面前那扇門打開，除了出來迎接他的人之外，他還見到了那人身後巨大的神壇，以及跪在神壇前的信眾。

「歡迎你，我辦這個神壇的立意就是想幫助更多人，所以你不用有壓力，想住多久都可以。來，我先帶你去房間。」

出來的人留著一撮小鬍子，身上穿著類似唐裝的衣物，看來約三、四十歲，跟自己差不多年紀。

楊俊章有些不好意思地彎著腰，低聲說著：「謝謝，真的很謝謝你願意幫我。」他說著，側身進到屋內，迎面而來就是那個足足占了半間房子的神壇，只見上面端坐著一隻白色的狐狸雕像。

他從未見過祭拜狐狸的教派，直覺告訴他這個私壇替人辦的肯定不是一般的事情。不過此時他初來乍到，也不好多說什麼，只能順著壇主的指引，繞過大廳來到供給他住宿的房間。

「信徒都叫我阿順師，你也可以這樣叫我。」壇主朝他笑著說：「這個房間裡面的東西你都可以用，反正平常也沒人在住，你住多久都可以。」

楊俊章環顧整個房間，雖然阿順師說這裡不常有人來住，但是房間卻保持得很整齊，連棉被看起來都很乾淨，整齊地堆在床尾。除了房間裡面塞了幾箱雜物外，這個借住的地方似乎還比他之前住的地方要來得舒適。

「真的很謝謝你，還提供我這麼好的房間，租金多少錢？」

阿順師搖搖手，「不用啦，我們修道之人就是跟眾生結個善緣。」

雖然對方一再強調不需要給予任何報酬，但楊俊章就是覺得自己突然打擾，實在不太好意思，於是他想了想，想出一個折衷的方式。

「不然有什麼雜事我都可以做，也算是我對神明盡點心。」

他這番話說得滴水不漏，阿順師也找不到什麼理由去拒絕一個有心皈依的信眾，就點頭答應了。

就這樣，楊俊章正式在這個神壇幫忙了，這些日子來他大概理解了這個神壇拜的確實是一隻狐狸。不過祂是壇主家的守護神，並不隸屬一般大眾知道的哪一脈宗教體系。比起神明，神壇祭祀的更像是某種簽契約的鬼仙。

住在神壇的日子裡，他除了負責環境整潔外，還需要帶領信徒參拜。有時阿順師不在，他也負責解答一些信徒的疑難雜症，無論是問事，或者是沾到髒東西，耳濡目染之下，楊俊章都學會了些皮毛。

轉眼間三個多月過去了，他竟然成了阿順師之外，所有信眾最信賴的人。

他雖然對這樣的發展感到有些詭異，不過楊俊章還是很坦然地接受了。雖然他雖然不像其他信眾那麼真心信仰白狐守護靈，卻覺得阿順師是個極好的人。

這天，在所有信眾都離去後，只剩下他與阿順師單獨在神壇。對方恭敬地朝香爐中插入三炷香，再拜三拜，然後才轉身對他說。

「自從你來神壇幫忙之後，大家的信仰都變得更堅定，也比較團結了。」

楊俊章在神壇幫忙這麼久，當中也不免入境隨俗跟著信眾一起祭拜白狐。這些時間來他確實也對這個信仰有些疑惑，不知道他們祭祀的白狐究竟有沒有幫上忙。

不過他倒是有親眼目睹過幾次神智不清的人，經過阿順師收驚後恢復正常，那不知道該稱之為神蹟或者是一種心理暗示。

堆積的疑問終於令他忍不住，在這只有兩人的時刻，他問出了心底的疑惑。

「阿順師，你親眼見過大仙顯靈嗎？」

這個問題令男人沉思了一會兒，露出一副嚴肅的面孔，「其實，大仙只是一個依憑，祂是否顯靈並不重要。」

他將這句話在腦海中反覆思索了幾遍，然後才皺著眉頭問：「什麼意思？」

阿順師露出一個神祕的微笑，「意思是拜的是什麼並不重要，重要的是信眾相信祂的念。」

他想了想，總結了一下他的說法，「你的意思是說，只要有信仰，無論拜什麼都會靈驗嗎？」

「又不太一樣。」阿順師想了想，才又說：「你知道心誠則靈，眾志成城這兩句話嗎？」

楊俊章搖頭，不知道他所說的究竟是什麼，在來到這裡之前，他雖然有零星接觸過一些宗教，卻都沒有過多的深入。

阿順師接著說：「寄託的神靈，就反映了信眾的念。信眾的念，又會帶給神靈力量，這是會相互影響的。」

他沒有給予回應，雖然依舊不太理解對方所說的意思，但他決定不要繼續發問，先記下這段話，也許等他接觸久了，有一天就能夠理解。

對方似乎也看出了他的遲疑，拍了拍他的肩膀輕鬆一笑，「你之後就知道。」

看著阿順師和藹的笑容，他似懂非懂地點點頭，只能期待也許在不久的將來，自己真的能夠理解到他這番話的深意。

而很快，這樣的機會就來了。

＊
＊
＊

婦人的雙眼漆黑而深邃，當中沒有任何光彩，臉色蠟黃，表情也十分呆滯。她一進到神壇，就跪在了壇前，用著顫抖的聲音不停呢喃，「求求大仙，救救我兒子！求求大仙，救救我兒子！」

阿順師聽到聲音從房間來到神壇，一眼就看見跪在那裡的婦人。他以眼神詢問楊俊章發生什麼事，後者卻只能搖搖頭，畢竟這個婦人一進來就是這個樣子，什麼話都沒說。

沒有得到答案的人想將婦人從壇前扶起來，才剛走近她身邊，就看見她深黑的眼睛慢慢地溢出了淚水，沿著臉頰兩邊滑落。因為情緒過於激動的關係，婦人的面孔看起來有些扭曲。

「救救我兒子！他得了癌症，醫生都說治不了，但是我只有這麼一個兒子啊……我不能失去他！求求大仙，救救他！」

她哭喊的聲音迴盪在屋內，阿順師連扶了幾次竟然都無法將她從神壇前扶起。幾個剛從大門進來的信眾，也被這個場面嚇得愣在原地，不敢靠近神壇。

阿順師給楊俊章打了個眼色，兩人合作，一人一邊架著婦人，才勉強將她扶了起來。婦人被他們合力攙扶到神壇旁的椅子上，才稍稍平靜了些。

一陣子後，平靜下來的婦人彷彿呢喃一樣，斷斷續續地說著一些她與兒子相處的日常事務，以及兒子在醫院的狀況，看起來像是失了神一樣。阿順師見她這樣，連忙在神壇前拜三拜，然後對婦人結了幾個法壇特有的手印，按壓著婦人的額前與人中，對方才慢慢地回過神來。

婦人的眼睛裡印出阿順師的樣貌，滿眼的淚水還未乾去，又再次拉著他的衣服，乞求著：「求求你救救我兒子，醫生說他不行了，只能等死。我這麼辛苦一個人將他撫養長大，我捨不得啊……捨不得啊……」

直到這時楊俊章才想起，自己曾經看過她，或者說自己其實常常見到她。她固定每個星期三晚上過來，夾雜在一群參拜的信徒中，一言不發地跟著上香。只是與他們不同的是，婦人每次上香的神情都顯得特別虔誠，時間也比其他信眾要久，不過這些都是後來阿順師告訴他後，他才注意到的。

阿順師似乎早就知道婦人發生了什麼，只是他什麼都沒有說，一直默默地看著，直到今日。

楊俊章看著站在一旁的人，好奇這樣的狀況，阿順師究竟會怎麼解決。在他的想法中，宗教也許可以處理很多事情，舉凡人生不順，願望無法滿足，甚至是一些不能證明的超自然力量，但是要祈求神明讓將死之人復生，那恐怕是難之又難的事情，所以自古以來宗教總是勸人要看淡生死。

不過阿順師的神壇似乎並不照著一般他所熟知的宗教而行，他沉思了一會兒，然後就對著那些被婦人嚇到愣在門口的信眾說：「今天這位女居士遇此困難，我們一起來幫幫她好嗎？」

人群乍然被喊到，都是一臉疑惑地你看我、我看你，沒有人知道究竟要怎麼幫她，不過隨即阿順師就接著說。

「我想幫這位女居士舉辦一場祈願儀式，儀式開始時我與她會在陣中央，將她的心願傳遞給大仙，祈求大仙保佑她的兒子。而這個過程需要藉助大家的力量護法，令大仙能夠聽見，人越多越好。」

阿順師解釋了一遍，現場那些原本互相並不認識的人們頓時就團結了起來，紛紛點頭，每一個都表示：「可以！我們一定幫師父好好護法。」

於是事情就這樣發生了，只見神壇聚集了越來越多的人，人們排列著一個圓陣，將阿順師與那名婦人圍在中間，眾人同聲唸誦著祈福的經文。

說不出來那是一種怎麼樣的感覺。當楊俊章看見這個畫面時，不知為何心底有股奇異的觸動，就像是受到了某種感召一樣，人們齊聲唸誦的聲音，形成有形的力量，真實地顯現在這個空間中。

這一刻他感覺到了超越人類的存在。

整個儀式結束後，楊俊章都沉浸在那樣的感覺中，無法脫離。直到阿順師收拾完屋子，並送走信眾，他才終於從那樣的震撼中醒來。

他看著阿順師，用著因為激動而沙啞的嗓音，緩慢地說著：「我知道了……我終於知道你說的念，是什麼了。」

阿順師古怪地看著他，沒有回應。

而他逕自接下去說著：「那是執念。越強大的執念，就能夠招引更強大的力量，那種力量，能夠完成一切人所不能及的事情……」

那天，楊俊章說完這番話後，就離開了神壇，沒有人知道他去了哪裡。

無論是阿順師或者是信眾，都再也沒人見過他。

＊＊＊

窄小的巷弄兩旁並排著低矮破舊的平房，灰色的屋舍幾乎與暗夜融為一體，還未到深夜，這片矮房的燈光就全數熄滅，只有靠近巷口，懸掛著紅色燈籠的房屋還亮著微紅的燈光，在一片漆黑的巷弄中顯得格外明顯。

只要走近看，昏暗的燈籠光下，隱約能見到一個小小的木牌，上面寫著「坤因天尊神廟」。

街坊巷裡傳說，這座新法壇祭拜的神尊十分特別，是一尊渾身漆黑的神明，祂有無數張面孔，據說每一張臉都象徵著人們的執念；祂有無數雙手，據說象徵著那些未被滿足的願望，而祂的身體似一枯老的大樹，是因為祂的誕生，就緣起於世間的分離與老死。

而創辦這座法壇的人是個年約三十多歲的男子，沒有人知道他自哪裡來，只知道他叫做楊獻召，為人十分熱心，逢人就宣傳「坤因天尊」能夠消除一切苦厄，完成人們的心願。

—完—

逆思流
神咒

著　　者／浮火
執 行 長／陳君平
榮譽發行人／黃鎮隆
協　　理／洪琇菁
總 編 輯／呂尚燁
美術總監／沙雲佩
美術編輯／李政儀
執行編輯／石書豪
文字校對／施亞蒨
國際版權／黃令歡、梁名儀
企劃宣傳／陳品萱
內文排版／謝青秀

出　　版／城邦文化事業股份有限公司 尖端出版
台北市中山區民生東路二段一四一號十樓
電話：（〇二）二五〇〇—七六〇〇
傳真：（〇二）二五〇〇—二六八三
E-mail：7novels@mail2.spp.com.tw
發　　行／英屬蓋曼群島商家庭傳媒股份有限公司城邦分公司 尖端出版
台北市中山區民生東路二段一四一號十樓
電話：（〇二）二五〇〇—七六〇〇（代表號）
傳真：（〇二）二五〇〇—一九七九
中彰投以北經銷／楨彥有限公司（含宜花東）
電話：（〇二）八九一九—三三六九
傳真：（〇二）八九一四—五五二四
雲嘉以南／智豐圖書有限公司
（嘉義公司）電話：（〇五）二三三—三八五二
傳真：（〇五）二三三—三八六三
（高雄公司）電話：（〇七）三七三—〇〇七九
傳真：（〇七）三七三—〇〇八七
香港經銷／城邦（香港）出版集團有限公司
香港灣仔駱克道一九三號東超商業中心一樓
電話：（八五二）二五〇八—六二三一
傳真：（八五二）二五七八—九三三七
E-mail：hkcite@biznetvigator.com
新馬經銷／城邦（馬新）出版集團 Cite（M）Sdn. Bhd.
E-mail：cite@cite.com.my
法律顧問／王子文律師 元禾法律事務所
台北市羅斯福路三段三十七號十五樓
二〇二三年八月一版一刷

■中文版■

郵購注意事項：
1.填妥劃撥單資料：帳號：50003021戶名：英屬蓋曼群島商家庭傳媒(股)公司城邦分公司。2.通信欄內註明訂購書名與冊數。3.劃撥金額低於500元，請加附掛號郵資50元。如劃撥日起 10～14日，仍未收到書時，請洽劃撥組。劃撥專線TEL：(03)312-4212 ・ FAX：(03)322-4621。E-mail：marketing@spp.com.tw

國家圖書館出版品預行編目資料

神咒 / 浮火作 . -- 一版 . -- 臺北市：城邦文化事業股份有限公司尖端出版：英屬蓋曼群島商家庭傳媒股份有限公司城邦分公司尖端出版發行, 2023.08

面； 公分

ISBN 978-626-356-910-2（平裝）

863.57 112009377